城的嬗变

广州的旧貌新颜

张霖 著

广州文学艺术创作研究院
优创计划资助

SPM
南方传媒 广东人民出版社
·广州·

图书在版编目（CIP）数据

城的嬗变 / 张霖著 . —广州：广东人民出版社，2022.12
ISBN 978-7-218-15858-7

Ⅰ. ①城…　Ⅱ. ①张…　Ⅲ. ①报告文学—作品集—中国—当代
Ⅳ. ① I25

中国版本图书馆 CIP 数据核字（2022）第 108903 号

CHENG DE SHANBIAN
城的嬗变

张　霖　著

出 版 人：肖风华

责任编辑：钱飞遥
责任技编：吴彦斌　周星奎

出版发行：广东人民出版社
地　　址：广州市越秀区大沙头四马路 10 号（邮政编码：510199）
电　　话：（020）85716809（总编室）
传　　真：（020）83289585
网　　址：http://www.gdpph.com
印　　刷：广州市豪威彩色印务有限公司
开　　本：787 毫米 ×1092 毫米　1/16
印　　张：15　　　　字　　数：180 千
版　　次：2022 年 12 月第 1 版
印　　次：2022 年 12 月第 1 次印刷
定　　价：88.00 元

如发现印装质量问题，影响阅读，请与出版社（020-87712513）联系调换。
售书热线：（020）87717307

目录

人生就像一个周而复始的圆圈，起点同时也是终点。记忆也一样，明明条理清晰，却又错综复杂。对错、真假混沌难辨，而唯一清晰的也就是开始和结束。若干年后，此时此景已成追忆，只留下斑驳的影子，映射着城与人那一点一滴的改变。

城里城外

城的嬗变

　　2019年的一天，在从清远回广州的车上，我们几个朋友正天南地北地谈着文学、聊着生活。忽然，一位朋友说："我是在大院里长大的，那就是我的故乡。整个城市就那一个大院是我的故乡，是我的根。后来，我们家离开了大院。对于我来说，到哪里都一样了。因为那是不可复制的。"他的话音刚落，车厢里都安静了下来。在底盘发出的咯吱声和时不时的颠簸中，坐在副驾驶位的我，扭过头去。他，一位年过六旬的老教授，头扭向窗边，双手整了整笔挺的西装，又扶了扶他那金丝眼镜，两眼直勾勾地看着窗外。这个沉默的气氛持续了很久，直到另一位朋友提起别的话题，才把老教授的视线从窗外拉了回来。车里的人们又是你一言我一语的，但那时的我只是随声附和，而思绪已飘回了我的"故乡"。和朋友一样，我也是大院里长大的孩子。只不过我们的"故乡"一个大一个小罢了。

　　跟北京的大圈圈套中圈圈再套小圈圈不一样，我所住的院子压根就不在"广州城"里。那是一座老广州城根下的小院子。院子呈长方形，两条长边，一边靠着当时的广州市第27中学，另一边靠着盘福新街。

　　这个院子也是一座小城。刷着红油漆的铁栅栏将院子围得严严实实，仅在院子的西面有一个"缺口"，与院子的大门相互呼应。整座"城"的结构就是一个"日"字。"字"外周的每一道笔画都是一幢苏式红砖楼。每幢楼都是6层高，整齐划一、方方正正，就像用尺子画出来的。沿着楼边走上一圈，隐隐然有种一位位英姿飒爽的苏联红军战士排成方队，围绕着操场转圈踢正步的感觉。而"日"字中间的一横，则是由一幢同样是6层高的苏式红砖楼和一个凉亭组成；被一横隔开的两边，是郁郁葱葱的榕树和绿地。

　　小时候的我，最喜欢在凉亭附近玩耍。在我看来，这个地方不但是整个院子中唯一能落脚休息的地方，更是能眼观六路、耳听八方的瞭望台。一旦有什么"风吹草动"，我就可以见机行事，脚底抹油。我的家就位于院子正东面的红砖楼的2楼04房。对于一个全院出了名的"多动症"而言，找对路线溜得快，就意味着能少挨打。但其实可选择的并不多。东、西、北、中四幢楼的结构几乎完全一样，在每栋楼的中间只有一个上下的楼梯，无处可藏。在南楼倒是有一个旋转楼梯和黑乎乎的杂物间，藏个人还勉强可以。对我而言，经常不是满院子的追逐，就是在南楼里捉迷藏。

　　不管逃跑的结果如何，最终我都只能踏上那昏暗的楼梯，灰溜溜地回家。楼梯位于整栋楼正中的位置。在它的两边，所有的房间一字形摆开。紧挨着楼梯的是公用的厨房和卫生间。我家的在左边，但我总是跑到右边第一间的门口。那里黑洞洞的房间塞得满满当当，只留下一条仅能一人走过的通道。尽头的灯泡发出微黄的光，那光连坐在灯下的老奶奶的脸都没法儿全部照亮。她每天都坐在那里，先用手将粽叶捋齐，折出尖角，然后就一勺一勺地依次填充糯米、绿豆，铺上一层五花肉，再用糯米填满，之后就将粽叶包紧，一边用牙紧紧压住粽绳的头，一边飞快地将粽子五花大绑。完成一个后，老奶奶还要拿起来仔细端详，没有问题后，才转身放到身后已经码成小山的粽堆上。印象之中，这和观看楼下老大爷编扫把一样，是这座小"城"里唯二能够让我这个小毛孩旁观的事。我每天早上起来的第一件事，就是拿着牛奶卡和钱，到大院值班室拿牛奶，然后就在大院门口旁边的老奶奶那买粽子。

　　我们这群疯孩子天天就在院子里东躲西藏，你追我赶。当别人家

"教育"孩子的时候，就躲在楼梯探出半个头"窥视"。大院门外就是禁区，没有大人的允许，胆敢私自跑出去，就会被大人们在院里拿着鸡毛掸子追。

疯了一天，回家的路上战战兢兢。上了楼梯左拐，跟右边一样，左边的第一间也是厨房和卫生间。不一样的是，这里是两家人共用的。准确说，厨房是分开、各自有门的。但那要连登三级才能上的卫生间，是两家人共用的。

厨房是我的禁地。那里太窄，6岁的我往两边平伸双手就能触摸到那黑乎乎、油腻腻的斑驳墙面。房门正对的墙上有一个沾满黑灰的灯泡，仅能照亮灯下的煤炉。如此狭小的空间中，挤满了煤炉、灶台，还有锅碗瓢盆等一堆堆的杂物。这里，不管是油壶还是酱油瓶总是黑色的。到底是因为沾满了煤灰，还是因为几乎没有灯光？时间太久，我已经完全记不得了。

我唯一能做的事情，就是在还算宽敞和明亮的狭长走廊上，将残破的旧报纸折起来，不停地朝着煤炉底部的进风口扇。新煤总是很难点着的。我那杂乱无章的手法，更是弄得青烟四起，半天都没有一个火星子。记得有一年，家里买不到蜂窝煤，只是拉来了一堆碎煤和黄泥，父亲拿着模具去自行压制蜂窝煤。印象最深的不是我弄得满脚黑，而是"这玩意儿"更不好着。

最麻烦的就是洗澡了，毕竟是两家人共用一个厕所。对于如厕，两家人都有预案，家里都各自有马桶，倒也能错开使用。但是洗澡就不一样了。尤其是在冬天，每晚掐着点打开锁上的厨房门，用巨大的铝锅烧上满满一锅水，再倒入大号的铁皮桶兑好水温，咬着牙提着桶踏上那三级阶差很高的阶梯，关上已经残破不堪的木门，用最快的速度结束战斗。

再往前走，一间房又一间房，终于走到了第四间，那就是我的家。一个不到顶的木门，再加上一个绿漆已经开始剥落的气窗。旁边的墙上离地1.5米左右的地方也有着一扇窗，那是我的最爱。因为它的存在，让我根本不用钥匙就能翻身入内。

门开了，但房间里黑漆漆，哪怕对面的墙上有窗。我家在二楼，窗外几米是院外的另一幢高楼，也让厅里彻底跟阳光说再见。唯一的房间里面，也是没有窗户的。房子里阴、冷、潮，有时回想起那段岁月，我忽然明白为什么那时会喜欢往外跑。

某日，我趴在靠院外侧的窗边，努力地透过斜上方的花玻璃望着外面的世界。天空黑压压的一片，房间里也依旧是黑乎乎的。

那天母亲不舒服，整天都躺在床上，一动也不动。

原本以为一个下午就会这样度过，没想到突然窗台上方的铁皮遮雨棚"咚咚咚"地响起来，像密密麻麻放炮一样，撞击的声音此起彼伏。

我把头从窗外扭向床的方向，母亲还是一动也不动。

我轻轻地推开窗户，把手伸出去。

"哎！"好凉啊！我差点叫出声来，赶紧把手缩回。一看，掌心间竟是如同花生米大小的冰雹，似透非透，将化未化。

第一次见到、摸到冰雹的我，赶紧用吃饭的碗把它装了起来，放在床边，然后又跑到院子里接更多的冰雹。良久之后，母亲醒来。碗里的冰雹早已化成了水。但兴奋不已的我，还在那里滔滔不绝。

我就是这样一天一天地在院子里长大，有时会骑着儿童三轮自行车从楼梯滚落，还经常会在邻居家里满地打滚，给人"擦地"，更多的时候是被父亲举着鸡毛掸子在院子里追……

那时，我总以为日子就会这样一天天地过去。可两个新鲜玩意的出现改变了许多。第一个是卡式的收录音机。那是一个全新的世界，在那里，我学着字正腔圆的播音腔，挺着胸撅着腔，拼命像盒子里的人那样发出深沉的声音。我还听到了邓丽君的歌，也在母亲和家人们的怂恿下，在笑声中录下一段乱唱。那盘磁带，多年后被我拿去翻录香港流行金曲。为此，母亲难过了许久。父亲最爱的中国传统相声，从《文章会》《汾河湾》《绕口令》到《黄鹤楼》《扒马褂》，几乎都能倒背如流，也塑造了我那似北又似南的普通话口音，当然还有"吃葡萄不吐葡萄皮，不吃葡萄倒吐葡萄皮"的碎嘴子。

另一个，就是那台14寸的黑白电视机。早已不记得这"宝贝"是哪一年在我家出现的。新闻联播、1984年阅兵直播，都让我大开了眼界。原来，院子外面还有不一样的世界。

印象中，我小时候很少出院子。尽管母亲跟我说了许许多多事例，比如说我在北京路的一家商店旁闹着一定要买一件红色大衣，不买就不走，还在地上打滚儿，气得她在大街上狠狠地打我屁股。虽然母亲每次说起这事时，总是眉飞色舞、手舞足蹈的，仿佛还要再打我一次才解气。但对我而言，这一切是那样的模糊。我唯一熟悉的是，院子里那日复一日的生活，就像阳光下院子里的凉亭，每天都一样。这样的日子我并不讨厌，但很期待变化，哪怕一点点。

事情或许就是这样在期盼中来临了。那是一个傍晚，下了班的父亲兴高采烈地冲回了家，说晚上要带我们去看露天电影。

我太兴奋了，以至于究竟那天是走路去还是坐父亲的自行车去，穿了什么样的衣服，还有母亲有没有去，都完全记不得了。只记得，我这个小屁孩拿着一张小板凳，乐呵呵地跟在父亲的屁股后面。

回忆并不是线性的，而是由一个又一个的记忆点相互串联而成的。往事并不会忘记，只是在茫茫又黑漆漆的记忆之海中找不到标识的灯塔，结果被年月的波涛击成碎片。

我知道，那次肯定不会是我第一次去越秀公园，但那次的记忆太深刻了。哪怕父亲紧赶慢赶，但是奈何还有起得更早的鸟儿，雪白的荧幕前早已坐满了人。我们无奈只能在人群的最后站着。父亲是没有兴致，而我则是太矮了。哪怕我站着，抻着脖子，不停地变换角度，试图从人群缝隙中看到屏幕。

露天电影院就在一个空荡荡的广场之上。我记得那天的广场是从未见过的明亮。广场边的大树前，搭起比家里的墙更大的幕布。上面的人穿着我从未见过的衣服，一个个"光头"双手平举着水桶跑，还有笛子的声音……

后来，母亲告诉我那是电影《少林寺》。可我印象中记得那天看的是一部黑白电影。记忆就是这样错乱地交织在一起。但对于我而言，细节的对错已经不再重要。最关键的是，我在那"小城"的外面，看到了不一样的世界。

鹅潭春风

记忆，是一个让人捉摸不透的事情。有时，拼了命想也找不到一丝半点。有时，却突然会被激发，然后源源不断地涌现。

2018年，我有幸参与到反映广州改革开放40年的报告文学项目中，负责撰写白天鹅宾馆的稿件。在刚刚接到这一任务的时候，我的心里七上八下，好坏参半。作为广州改革开放的标志之一，白天鹅宾馆这一题材已经被许多前辈深入发掘过，现成的素材一点都不缺。但这也是最可怕的，如果前人的路都已经走完了，那我的路在哪呢？

福祸相依，在接受好的一面的时候，坏的一面也需要照单全收，或许这就是人生。

但这并不是让我忐忑的最重要原因。或许来自内心和记忆深处的，才是问题的答案。

那又是一场母子大战。那年，崭新的广州花园酒店刚刚开张不久。大战的起因说来很可笑。老师给同学们布置了一篇作文。具体是什么，早已经忘得一干二净。只记得，其中一个要求就是描写喷泉。下班归来一身疲惫的母亲，第一反应就是让我凭记忆写。可脾气犟的我，根本就不愿意。对于1988年只有10岁的我而言，脑海中根本没有存留关于喷泉的细节。我想写得跟其他同学不一样。我把目标锁定在花园酒店，在它崭新的大堂前，就有一个人工喷泉。在我的软磨硬泡下，母亲终于答应了。但她做出了一件令我无法想象的事情，也让我急坏了。母亲打开衣柜，仔细挑选衣服。我很不耐烦，嘟哝着：又不进去，随便看看就好了。但母亲丝毫不为所动，选了一套她认为最得体的衣服，也给我换了一身。密步快走，当我们走到花园酒店的门口时，两人不自觉地停下了脚步。没人阻拦，真正挡住脚步的是内心的那份怀疑和不自信。父母那辈人，哪怕就是出差住招待所都要出示单位开具的介绍信。这样气派辉煌的宾馆能进吗？服务员如果问起怎么答呢？结果就是这些可笑的问题，让我们只能远远地看着那充满激情的喷泉，却没敢再往前走一步。那篇关于喷泉的文章，自然也写得一塌糊涂。

那天，当在会议室坐下等待当天的采访对象时，我不由自主笑了起来。我想起5分钟之前小心翼翼地问前台的样子，跟30年前那个怂样是那样的相似。

突然门口传来爽朗的笑声，一下子将我乱飞的思绪拉了回来。我的采访对象，白天鹅宾馆原副总经理彭树挺走了进来。岁月在他的身上留下了深深的痕迹，已经不再是白天鹅宾馆陈列室播放的专题纪录片中那个英姿飒爽的模样，但亲切的笑容和富有穿透力的声音始终如一。

短暂的寒暄过后，我们进入了主题。刚刚还靠着椅背的彭树挺，坐直起来，身体往前倾，眼睛直视着我，仔细聆听我提出的问题，还时不时纠正我的错误。

他对白天鹅的历史是那样熟悉，一切如数家珍。

"那天，霍生（霍英东先生）正在房间里休息，突然"咣当"一声。房间窗户的玻璃碎咗（了）一地。系咩（是什么），你知道吗？是一条火腿，从天台掉下来。你听过'天上掉馅饼'，没见过天上掉火腿的。霍生整个都定住……"彭树挺双手一直在比画着，诉说白天鹅宾馆兴建的不易。

秋里同志：

关于广东省引进外资发展旅游事业问题，接谈的不少，谈成的不多。只是最近省旅游工程领导小组派林西同志等赴港考察旅游工程，与霍英东、彭国珍两先生商谈，达成了《投资计划意向草案》。

霍英东先生是爱国资本家，同我们商谈八次，亲自奔赴广州、北京商谈了五次。他是广东人，有乡梓之情，希望在珠江河畔能看到第一个建成大旅馆一间，并在《投资计划意向草案》中签了字，要求国家从速批准施工。这种积极性是对的。

此项工程的《计划任务书》，已经省旅游工程领导小组拟订，并由办公室副主任李世浩同志等携带《计划任务书》赴京，向旅游总局汇报并报请国家计委审批。现特专函请你帮助从速审批，以便早日施工。

此致

敬礼！

习仲勋

一九七九年二月二十二日

这封在白天鹅宾馆陈列室展示，由时任广东省委书记习仲勋同志为推动白天鹅宾馆建设亲自撰写的致时任国务院副总理余秋里同志的函件，就是白天鹅宾馆建设艰难启动的见证。

从来就没有什么事情是容易的，哪怕这件事情已经获得了高层领导的许可。

1978年，国务院成立"利用侨资外资筹建旅游饭店领导小组"，提出在北京、上海、广州、南京等地兴建八大中外合资酒店的计划。

小组成立后，香港新华社和中旅找到了香港工商业巨子霍英东先生。他们向霍先生不断阐述，现在要发展旅游业，但是酒店不够，希望他可以投资一个酒店。当时国务院主管侨务工作的廖承志同志和广东省的领导也找到了霍英东，说："改革开放就是要引进外资，现在很多外商有疑虑，还在观望，希望霍英东做个榜样。"

"霍生最初不愿意。他自己在香港经商咁（这么）多年，知道对人的生意是最难赚钱的，所以他自己在香港从来都不投资酒店。霍生不是不支持国家建设，只不过想换一种方式。"彭树挺说得清清楚楚，仿佛就发生在昨日一样。

霍英东先生的想法是，将酒店建好后直接捐半个酒店，足足500个房间捐给国家。但他的好意被时任广东省委书记习仲勋、省长刘田夫、副省长兼广州市革命委员会主任杨尚昆等人否定了。大家一致认为，捐赠这个形式不好，本来是希望霍先生做出范例吸引大家回国投资的，如果这么一捐，海外的投资者会误以为中国政府的开放只是为了"要钱"，就会起反效果。他们给出的答案是，坚持采用合资或合作的方式。消息传到霍先生那里，他立即反馈：只要对国家好，用什么方式都行。

1978年12月18日，中国共产党十一届三中全会在北京召开，廖承志同志邀请香港工商界的巨子们参加这一会议。霍英东先生积极响应，带着返回祖国发展旅游兴建宾馆的满腔热情，参加了此次会议。在这次会议上，中共中央首次提出要改革开放，准许吸收外国资金、先进技术和管理经验，用于内地的经济建设。

22日会议结束后，霍先生等人被留了下来，与旅游部门商量制定在南京、广州等地兴建八大中外合资酒店的详细计划。

1979年1月，广东省派出以广州市副市长林西为团长的代表团应邀赴香港，与香港工商领袖霍英东、彭国珍商谈兴建旅游宾馆事宜。

在改革开放之初没有任何经验可借鉴的情况下，在不同的政治制度和经济制度下的双方商谈，困难是可想而知的。但只有躬身入局之人，才能知道那份困难究竟到了什么程度。

一方是高度集中的计划经济体制，一方是自由交易的市场经济体制；一方仍然是招待所式的思维，一方已经是成熟的现代酒店理念。商谈很快就进行不下去了。极为务实的霍英东先生担起了破局的重任。他并不着急弥合双方之间巨大的鸿沟，而是将广东代表团先后安排到香港、澳门两地最好的宾馆酒店考察，让双方的认识差距一点一点地缩小。另一方面，就像他说的那样，"只要对国家好，用什么方式都行"，不断对方案进行调整。一次两次，一遍又一遍，终于双方之间的认知差距越来越小，而《白鹅潭投资与兴建旅馆计划意向草案》也终于签署。

可是，这仅仅是万里长征的第一步。作为国内首批中外合作酒店之一，白天鹅宾馆从立项、设计、施工、制度建设、经营管理，每一关在当时都面临着重重阻力，需冲破层层障碍。从有了名分到拿到"准生证"，还有曲折而漫长的路要走。霍英东先生怎么也没想到，这件史无前例的事情竟然没有相应的审批部门。

一切无先例可循。经贸部的回复是，不在他们的管辖范围，建议到侨办。侨办回复，这也不是他们的管辖范围。几番反复之后，霍先生发现，在国务院中没有一个部门可以批准此事。

在那段时间里，他频繁来往于香港、北京两地，在北京有时一住就是20天，不断地跟国家旅游局商谈相关事宜，但毫无进展。

为了推动白天鹅项目，从中央到地方各级领导，都对项目给予高规格重视。时任广东省委书记习仲勋，正是在这一历史背景下亲自致函，推动项目审批。时任广东省副省长梁威林担任白天鹅宾馆首任董事长，时任广东省旅游局副局长朱一明兼任首任总经理，时任广州市副市长林西全程参与筹建和项目规划及建设。

"一个省的副省长出任宾馆的董事长，算是前无古人后无来者啦！"彭树挺边说边拿起了咖啡杯，"白天鹅的咖啡不错的！"他露出了自豪的笑容。

几经周折，终于在1979年4月，国家旅游局和霍英东达成了合作兴建白天鹅宾馆的初步协议，正式确立双方共同合作兴建中国第一家中外合资的五星级酒店——白天鹅宾馆。

初步协议的签订，只是"白天鹅"起飞的第一步，还有更多的阻碍在前方等着它去冲破。

第一关要过的就是宾馆设计。对于临时组建的国内设计团队而言，当时已经对外封闭了很长一段时间，建筑师们对新的事物缺乏足够的认识。除此以外，在内地设计酒店还要面临许多硬性规定的问题，比如，计算预防地震、餐厅与厨房的比例，工人宿舍、饭堂甚至是自行车棚等诸多要素，涉及的部门达30多个。其中最出乎霍英东先生意料的是，按照当时的规定，居然要在宾馆的顶楼建立高射炮台。

如今的人们已经很难理解为什么要在宾馆上设立高射炮台。1950年3月3日早上，国民党空军突然进犯广州上空，先后在白天鹅宾馆附近的黄沙及珠江河面投弹轰炸，炸死市民259人，炸伤347人，炸毁房屋564幢，炸沉船（艇）近百艘。据《广州市志》记载，这是广州市解放后遭受国民党军最大的一次轰炸，以致当地居民好长一段时间不敢回家。上世纪五六十年代，美军飞机及国民党空军飞机侵扰广州达3700多批。因此从1953年11月举行的第一次全国人民防空会议起，广州就被确定为"人防重点城市"。

在"备战备荒为人民"的特殊年代里，这是硬性的规定。当改革春风开始吹遍南粤大地时，这些政策都还没有及时调整。在这种情况下，白天鹅宾馆作为当时珠江两岸的制高点加装高射炮台，对于军事部门来说，自然就是理所当然的事情了。但是在一家宾馆的天台上设立高射炮台，又是一件不可思议的事情。

后来成为白天鹅宾馆第二任总经理的杨小鹏在设计会上一听要设高射炮台，马上就说："这个事情不得了，要通过董事会的。"随后赶紧向董事会汇报。

霍英东先生一听就愣住了，说："放个炮在这里，我还敢在这里睡觉吗？"尽管对第一次在国内投资兴建五星级大酒店可能会遇到的困难有所准备，可他怎么也没想到会出现这样的问题。

但是，只要有一线机会，他都不放弃。他通过联络员将有关情况分别向国家、省领导汇报，试图解决这一难题。但问题远远不止这一个。

在参加来自香港及广州的建筑师关于宾馆设计的座谈会上，霍英东先生真切体会到当时国内外业界认识的差距。霍先生从实际出发，选择了国内外建筑师同时做设计方案，最后择优取录的方式。一批熟识本地情况的内地建筑师，在经验丰富的当代岭南建筑大师佘畯南、莫伯治的带领下，负责设计。他们参观考察香港等地酒店，结合岭南文化，设计了矗立如玉屏，配以飞瀑流涧、花艳草翠、堂内庭园中西合璧的白天鹅宾馆方案。功夫不负有心人，国内设计团队在与香港、丹麦、美国等设计团队的激烈竞争中，最终获得了胜利。

1979年7月，在阵阵锣鼓和鞭炮声中，中国内地第一家中外合作兴建的五星级宾馆，终于在白鹅潭畔破土动工了。

但是，问题并没有随着动工的开始而结束。高射炮阵地的事情还没有定论，楼顶在设计时要加厚以承载高射炮发射时的后坐力。大楼在建，阵地的建设也没有耽搁。

事情总是这样一波三折。但此时霍英东先生还有更要紧的问题亟待解决。万丈高楼平地起，没有物资可咋整？

物资短缺，已经成了酒店建设的最大一只拦路虎。在计划经济时代，任何物资配备都需要计划。哪怕白天鹅宾馆已经贵为当时全国重点工程之一，但当时主抓广州市建筑工程设备的广州市副市长林西说，我们就是有石头、水泥、木材，其他设备我们都没有。

要知道，一座宾馆不仅仅是一栋钢筋水泥的高大建筑物。一个现代化的大酒店，从建设到配套，所需要的物资设备有十多万种。不要说大型设备，当时国内几乎是要什么没什么，包括酒店使用的牙签在内，大部分物资都要依靠进口。更麻烦的是，在计划经济体制下，进口任何一点东西，都要跑十几个部门，盖一大串公章。物资能不能准时到位，将严重影响酒店的建设与营业。霍英东和白天鹅宾馆的管理团队为此四处奔忙。

与此同时，在施工管理上日渐显露出来的矛盾，成了"白天鹅"的又一道关卡。由于这些国营的工程队仍然在吃"大锅饭"，双方在认识上存在很大的差异，常常为了一件事情该不该干、由谁来干、需不需要追加费用等问题，吵得不可开交。

还记得前面提到的那只从天而降的金华大火腿吗？那就是在争执中，

在天台被人扔下而把窗户都直接砸烂。现场所有人相视无语。

更难的是，当时国内的建筑队伍分工不完善，工种不齐全，部分工种的工人数量和施工设备竟然完全为零，严重影响到宾馆建设进度。为了加快进度，霍先生二话不说，从菲律宾请来相关施工人员完成相关的工作。

在施工管理中经历了多少扯皮，或许就连霍英东先生自己都数不清了。日月穿梭，时光就这样白白地游走了。白天鹅宾馆的施工进度总是不尽如人意。

霍先生那段时间长期住在宾馆里，白天要应对各种情况，晚上还要在餐厅里与施工队磋商、协调。那段时间，他深感疲惫，感到难以招架。

让霍先生头痛的又何止施工进度一件事。宾馆的事情千头万绪，选址、设计、施工、建材选用、人事制度、财会制度、保安制度、物品供应、通信运输、采购保管等等，几乎宾馆所有涉及的问题，由于彼此间观念、习惯和制度的不同，中外合作双方之间时不时就会产生一些摩擦和碰撞。

他不但要面对来自宾馆内部的困难，还要面对来自宾馆外部的压力。工程队几千位工人的吃喝拉撒，将整个沙面岛变成了一个大工地。当时沙面街的一位办事处主任，当着已经当选第五届全国政协常委的他面说："我们是无产阶级，你们是资产阶级……"

在重压下，他有段时间身体状况很不好，睡觉的时候更是累到连脱鞋的力气都没有了。但是就在这样的情况下，他一再表达：不管怎么样，这事一定要成功！如果不成功，就是一个国际性的大笑话，对不起国家！

当人遭遇到重重困难的时候，最能支撑他的一定是坚强的意志。终于，在叶剑英元帅等国家领导人的关心下，白天鹅宾馆楼顶已经初具规模的高射炮台撤了。那块压在霍先生身上的巨石，也终于放下了。

初生牛犊

与其说采访是个技术活，不如说采访最重要的是运气。简而言之，事有两种，能说和不能说；人有两种，还是能说与不能说。毫无疑问，采访彭树挺是幸运的，他人能说，事也能说。

苦难岁月，也是光辉岁月。彭树挺双手不停挥动，不断描述着当时一个又一个看上去根本无法克服的困难，眼里却闪烁着光芒。此时此刻，他已经完全不像一位年逾古稀的老人了，仿佛整个人在刹那间又回到了昔日岁月。

1982年10月，经历了诸多风波的白天鹅宾馆已经初具规模。10月5日，广东省旅游局代表朱一明与香港维昌发展有限公司代表霍英东等签订《合作经营白天鹅宾馆协议书》。因为当时还没有中外合资经营的法律，合作的规定相对比较宽松，于是白天鹅宾馆从"合资"变成了"合作"。协议上列明酒店总投资为4900多万美元，以当时的汇率折算约合9000多万元人民币，中方占75%，香港维昌发展有限公司占25%，项目选择了中外合作的方式，经营期约定15年。面对这一变化，霍英东先生没有去计算这其中的得与失。在他看来，没有什么比将酒店办好更重要的。他希望通过自己的努力，为中国刚刚起步的改革开放做出一个成功的尝试。

几天后的15日，是一个重要的时间节点。那是广州商品交易会秋交会开幕的日子。在当时，广交会是仅有的几个外国了解中国变化和趋势的重要窗口。广交会期间，全国各地都要调集物资保障供应。但客房跟其他能够调配的物资不一样，每年的广交会期间各家宾馆都是一房难求，客房调配由省政府统筹协调。尽管如此，房源问题依旧年年发生，甚至还登上过外国报纸。

此时，白天鹅宾馆尚未完工，工程在不断摩擦中艰难推进。为了打破这一僵局，霍英东先生一咬牙，决定10月14日试行部分营业。先将其中5层楼的200个房间和部分公共配套设施对客人开放，边施工，边营业。他之所以这样做，一方面是为了帮助省政府解决当时的燃眉之急；另一方面，他也想借助广交会的机会，让纷争不断的施工队能够在大局面前加快进度。

所有人都为霍英东捏一把汗。这在全国都没有先例。第一个吃螃蟹的人能喝到"头啖汤"，但更大的可能是栽跟头。更何况，即将营业的白天鹅宾馆接待的都是来自外国的客商，一点都不能马虎。

但是，以霍英东为首的白天鹅人憋足了一口气，想充分运用海内外客商云集的大好机会，锻炼这支由非酒店行业人员构成的服务团队。

在讨论组建第一家中外合作宾馆的管理团队时，有两条截然不同的道路摆在白天鹅宾馆管理层面前：一是交由外国管理集团管理，好处是显而易见的。他们有着先进的经营管理理念，也有丰富的运营经验，可直接跟先进的国际酒店相对接，起点高、见效快。第二个方案则完全相反，由国内的管理团队组成，而且是由完全没有宾馆工作经历的人员组成。由于当时国内旅业的绝对主力军是国营宾馆，在长期计划经济的模式下，国内的宾馆无论规模有多大，总体经营方式上都与招待所没有太大的区别。为了推进白天鹅宾馆项目而频繁往来于北京、广州的霍英东先生对此深有体会。服务意识差、管理制度落后这些长年累月积攒下来的顽疾，不是一天两天就能改变的。一张被使用过的纸，哪怕再仔细地清理，也不可避免地会留下使用的痕迹。要用就要用新人，用他们的冲劲和拼劲，去开创一片新天地。

多方衡量之下，霍英东先生决定采用自行管理的方式。他在乎的不是当下，而是未来。他要为即将起航的中国旅业发掘和培养自己的人才队伍。这绝对是一个大胆的尝试。整个宾馆2000多位员工包括总经理在内，没有一个干过酒店行业。他们中的大多数人都是刚刚毕业的旅游中专生。虽然他们吃苦耐劳、勤奋好学，但是他们没有经验。能不能把白天鹅宾馆管理好，谁也没有把握。

为确保万无一失，霍英东先生在宾馆开业前就入住了，亲自督导相关的准备工作。他有底气吗？这个问题恐怕就是他自己也不敢百分之百肯定。每天晚上他都在餐厅里跟施工队们开展一场又一场的"战争"。

日子一天天逼近，白天鹅宾馆的房间还没有空调，也没有热水和膳食的供应。14日客人都快要来了，他早上巡视厨房，发现炉灶虽然安装好了，但是没通气、没通电、没通水，泥头还未清理……

这可怎么办啊？

"霍生很急，走过来问我：'我晚上开两桌四菜一汤，简单一些、精一点，行不行？'"彭树挺的手又开始比画了起来。

"那你怎么回答？怕吗？"我问他。

彭树挺头往后仰，笑容在脸上绽放："那时我31岁了，已经是餐厅副经理，之前就有经验，不怕。我肯定地回答他，第一，厨房要清理好；第二，通水；第三，能烧上石油气；第四，通上电；第五，通蒸汽。几个条件具备，没问题。"

霍先生接着问站在彭树挺旁边的工程队负责人："满足这些条件有没有问题？"

"没问题。"工程队的负责人说得很笃定。

但霍先生的联络员柯小麒说两桌肯定不行，要多准备几桌。

"其实准备两桌和准备几桌差别不大，我对我们的厨师有信心。"几十年过去了，回忆这段往事时，彭树挺依然是自豪之情溢于言表。

很快，水通了，淤泥也清干净了，电线的主线也拉到厨房了，但就是不往灶台上接。工人们说那不是他们的工作，无论怎么说他们都不做。焦急的彭树挺找到了市机电安装公司的经理，请他来帮忙，看着他把电线一个个接到电源插座上……

还有"气"的问题。白天鹅宾馆当时是广州第一家使用液化石油气的宾馆。这与传统烧煤或重油的国内其他宾馆有着很大的不同。当时白天鹅团队为了掌握这门新技术，特意前往香港、深圳等地学艺。不然，没火如何能做菜呢？但是液化石油气处理不好，那就是一个巨大的炸弹。一切都是未知数。开气前，彭树挺到派出所报备。派出所的民警同志也是第一次遇到这样的情况。未知的风险就摆在那里，谁也不知道确切会发生些什么。半晌后，他们互相半开玩笑半认真地说，一通气，明天不是彭树挺请喝茶，就是有人送餐到派出所给他。幸好他们做了充分的准备，火成功地点燃了。有水有火，蒸汽自然也不是问题了。

当天中午开始，参加交易会的客人陆续抵达酒店入住，宾馆里到处忙成一团。每一个人都在为第一次正式迎来送往努力着。

到了晚上，霍英东先生发现到访的广东省委书记任仲夷不是只带了几个人来，而是陆陆续续带来了一百多人，把当时举办宴会的玉堂春暖厅都坐满了。

接到广东省领导14日晚要到访酒店消息的霍先生十分紧张。虽说他已经未雨绸缪，在香港珠城酒楼请了香港饮食专家过来帮忙，万一国内团队撑不住，他们也可以接手顶上去。但面对这超乎意料的情况，对厨房能不能烹制出这么多席饭菜，霍英东心中没底。他心想，这次可能会出洋相。

"讲实际（说实话），开始说两桌，一小时后增加到四桌，都唔（不）怕。结果人越来越多，最后增加到二十桌。这就有点压力了。"几十年过去了，那时的情形依旧刻在他的脑海里。

原定四菜一汤，结果彭树挺和同事们还是按宴会规格，独立完成了八菜一汤，客人们都比较满意。除了请香港行家帮忙开银器之外，宴会的所有出品及服务均由他们独立完成。霍先生开心极了，激动不已，反复说："通过这一顿饭，我从两桌增加到二十多桌，你们出品的不是四菜一汤，而是颇具规模的晚宴，不但做出来了，而且做得非常好。这个事情让我感动，让我看到改革开放还是有希望的，让我看到这白天鹅宾馆还是有希望的。我们部分营业计划终于实现了！"

"您怎么做到的？"我继续抛出了问题。

彭树挺笑了笑，说："当年年轻，初生牛犊不怕虎嘛。"

1983年1月，经过3个月部分营业，白天鹅宾馆的2000多位员工积累了可观的实务经验。霍英东下一步决定抢在春节前最后一个星期全面开放。

这个决定，表面看上去有点鲁莽。因为白天鹅宾馆的建设还在收尾阶段而且进度很慢，更要命的是酒店开业的各种相关证照都还没有办下来。

当时就有人说白天鹅宾馆抢先营业就是为了赚钱。但霍英东先生并非因此而做出决定。他对祖国南方的气候十分熟悉。如果白天鹅宾馆在春节开不成，南方的潮湿天气将会损坏宾馆的大量物资。与其陷于经济损失和开业延期的困境，不如放手一搏。

面对开业请柬已经散发给国家、省、市领导嘉宾的情况，紧凑扎实做好每一件事情才是根本。做出决定后，霍英东立即进驻酒店，亲自全面督战。他面临的是一个什么样的场景呢？宾馆内有一个2000多人的施工队伍，另有2000多个服务人员，加上旅客不下5000人，酒店进出非常混乱，搬运货物进出电梯时拥挤不堪，工棚和数千部单车把半个沙面都占了。

那段时间，烦人的潮湿天气总是像个幽灵一样神出鬼没，使得酒店的地毯一直无法铺上。转眼间还有5天就要开业了，白天鹅做好了最坏的打算。忽然一夜北风至，在每个人的脸上都吹出了灿烂的笑容，虽然风刮在脸上是那样的刺痛。一天，两天，三天，强劲的北风把酒店吹得异常干爽。顺利铺上地毯，从此留下白天鹅人借北风的笑谈。

开业前一天，亲爱的解放军战士们突然出现在酒店的周围，迅速将一包包的淤泥和建筑垃圾清走。原来施工单位不包现场清理，那一包包的废弃物将酒店都围蔽了起来。开业在即，白天鹅宾馆只好紧急向省、市领导求助。于是才有了神兵天降。万事俱备，白天鹅人终于可以松一口气了。

2月6日，白天鹅宾馆正式开业。全国政协副主席吕正操、国务院顾问曾生、空军副司令员曹里怀、海军副司令员刘道生、国家体委顾问荣高棠、司法部部长刘复之、公安部副部长凌云、公安部副部长顾林昉、国家经委副主任范慕韩，以及省市领导及知名人士共千余人出席开业典礼。全国人大常委会副委员长廖承志，广东省副省长、白天鹅宾馆董事长梁威林，白天鹅宾馆副董事长霍英东先生以及彭国珍先生的代表黄奇松先生共同为白天鹅宾馆剪彩。

开业后，霍英东先生做的第一件事，就是要求将宾馆开放给群众。这个要求瞬间在经营团队中炸开了锅，更是遭到了白天鹅宾馆上上下下的一致反对。反对的理由乍听上去很有道理。

　　周恩来总理曾说外事无小事。白天鹅宾馆主要接待的是外国贵宾和友人。在阶级斗争、等级观念仍然根深蒂固的年代里，对广大市民群众开放的政治风险是一般人无法承受的。还有的反对理由更为具体一些：在物资供应极为紧缺的时代里，对市民开放固然能吸引一大批的游客，但是会不会对酒店带来物质上的损失尚不好说，一旦发生损失则难以弥补；也有担心市民太好奇、过分热情造成踩踏事故的。

　　面对会议上的反对声音，霍英东仍然坚持四门大开。他表示：我们应该让任何人都能进入宾馆，即使不是顾客、亲友，就是进来参观照相的，也该让他们进来，让群众看一些新的事物，体会一下中国人民的智慧和新的创造，增强每个中国人对自己和国家前途的信心。就是从经济观点来考虑，也是开放好，先有人气，然后才有财气。至于财物的损失，大家不用担心，坏了什么，他就买什么。他个人来承担，不用白天鹅宾馆出钱。

　　争论并没有因为霍英东先生的表态而停息，而是继续下去。但是无论如何，霍先生不肯让步，双方陷入僵持的状态。他的联络员柯小麒，将会上的僵持情况向时任广东省省长杨尚昆同志的秘书电话汇报。据白天鹅宾馆第二任总经理杨小鹏先生回忆："不久，杨尚昆同志指示：'转告白天鹅的霍英东先生，过去的酒店宾馆越盖越高级，越来越森严壁垒，不让老百姓进去。现在改革开放了，广州是个试点，应该让老百姓进来，四门大开。'"

　　在得到省领导的支持后，白天鹅宾馆终于可以实现四门大开了。霍英东先生激动地说，让老百姓进来看看什么是改革开放，改革开放是让大家过好日子的嘛！

一天后的2月7日，白天鹅宾馆正式对市民开放，成为内地第一家对群众开放的高级宾馆。

一时间，万人空巷，广州市民蜂拥而来，白天鹅宾馆的大门都快被热情的市民挤倒。餐厅刚刚打开大门，灯都还没有亮，人流就瞬间涌入，一下子就全部坐满了。当天晚上，酒店员工清理现场，捡到市民因拥挤而被踩掉的鞋子竟有一箩筐。卫生间的抽水马桶被游客打烂了好几个。卷纸也丢失了几百筒。

因为"不设防"，那段时间也出了许多的状况。有市民专门跑到位于江畔的游泳池旁边，看外国女旅客穿比基尼游泳。宾馆工作人员担心"有伤风化"，建议加一扇门。霍英东知道后笑了笑，说："没关系的，他们没见过，见多了也就见怪不怪了！"

参观的热潮一直没有退却，更有住在酒店附近清平路的市民群众挑着一担鸡一筐鹅在酒店漫步。白天鹅宾馆的美国顾问将当时的情景用相机记录了下来，拿到香港给霍英东先生看，并说："白天鹅宾馆都不像宾馆了，就像动物园一样。"

谁想霍英东笑了："好啊！我就是想让老百姓多进来。"

有功之臣

　　就这样，白天鹅宾馆在万众瞩目中开业了。如果仅仅是一个建筑工程项目，那么它成功了。在物资极度紧缺的时代里，它的最终落成，本身而言就是一个胜利。但它的使命并不仅仅止于此。它作为中国第一家中外合作的宾馆，背负着改革创新的历史使命，也承载着中国旅游业发展的前景和希望。

　　没有什么事情会一帆风顺，更何况那是在刚刚实施改革开放不久，人们的思想还没彻底转变的20世纪80年代初。四门大开的白天鹅，除了滚滚人流，也迎来此起彼伏的谩骂声。

　　"你们的服务员，怎么可以穿旗袍呢？在我们新中国成立20多年的时候这些就都批判掉了！这些东西在'破四旧'的时候都砸烂了！你们怎么可以将它们复活呢？"

　　"我们千辛万苦，多少人赴汤蹈火才把日本鬼子赶出去。你们白天鹅怎么可以开日本餐厅，服务员居然还穿和服，又把日本鬼子带进来了！你们这样是卖国！"

　　"你们白天鹅，让服务员在上班时间一直穿着高跟鞋，还穿尼龙丝袜，很多女同志的脚都肿了！上班时间还不让坐，这是对待同志的方式吗？"

　　"你们用美元标房价，不讲主权，是卖国的行为！"

　　"什么是资本主义复辟？你到白天鹅看看，这就是资本主义复辟！"

　　……

　　世事难料。雪上加霜的是，源源不断的人潮，最初并没有带来足够的客人，宾馆一度开房率不高，生意并没有预想的兴旺。瞬间有人大吹冷风，甚至说当时广州的宾馆数量已经足够多了，搞这个宾馆是多余的。

压力来自外部，也来自内部。尽管宾馆用的都是没有专业从事过宾馆行业的新人，但无论如何，宾馆的生存与发展总是与时代息息相关。改革开放之初，人们的工作和生活习惯、整体社会规章制度，都保持着相当的惯性。这不是仅仅通过起用新人就能翻开新篇章的。酒店上下二千多位员工，都没有现代化酒店的管理实操经验。但是，为了确保酒店的良好运营，必须在短时间内完善酒店的管理制度和提升员工的服务水平。这当中最难的，就是阴魂不散的招待所式的固有管理思维、员工对新事物的种种不适应，以及在宾馆上上下下树立顾客至上和以人为本理念。

彭树挺的话匣子再次被打开了。靠在沙发上的他，坐直起来，身子凑上前，此前的笑容不见了，边比画边向我介绍当时的情况："以前的酒店服务员和指挥官一样，他们坐着的时间比站着长，经常是指挥顾客自我服务。白天鹅宾馆是全国第一家要求服务员提供站立服务、微笑服务的宾馆。那就是要给客人最好的享受。当时很多服务员是第一次穿高跟鞋，所以每当玉堂春暖餐厅到了晚上停业时，我就看到她们一个个坐在地上抱着脚一直在哭。因为是新鞋子，又是高跟鞋，站得时间长了，走得多了，脚都破了……"

这样的事情，还有很多很多。员工饭堂最早按照机关饭堂的做法来运行，供应的都是些各式各样现做的小炒菜式，甚至连狗肉煲都有。但员工吃饭的时间很短，只有一个小时。这种安排，怎么能够在短短的一个小时内，满足2000多员工用餐需求呢？这种如今一望便知的不合理管理方式，在当时国营宾馆中早已司空见惯。当时餐厅的员工回来之后都哭丧着脸对彭树挺说："彭经理，我吃不到饭啊！肚子饿啊！"

当时的他们，大多是20岁左右的年轻人，正是身体发育的时候，也是最需要能量的时候。不吃好，哪有力气向顾客提供服务呢？彭树挺赶快让餐厅的厨房煮白米饭加腊肠，保障大家吃饱，但他最多也就能保证餐厅同事们的胃。那别的员工怎么办？不久，白天鹅宾馆朱一明总经理找到彭树挺，让他协调解决员工饭堂的问题。他们通过流程优化、改分餐制为自助餐，提升用餐效果，保证员工吃快、吃饱、吃好。

最初，员工餐厅都没有空调，后来装上了。白天鹅给出的理由很直接，就是为了提升服务质量。假设一个服务员匆匆忙忙，吃个饭都已经大汗淋漓了，转身又要再次面对客人，毋庸置疑，这时的客人体验一定不好。

不知不觉中，整个宾馆的管理观念不断发生转变。而这一切，都来源于意识观念的转变。那就是，到底把员工看成是人还是工具？如果是人，那就越用越有经验，越用服务越好。如果看成是工具，那就只会越用越旧，越用越烂。

作为刚刚投入使用的新宾馆，白天鹅宾馆在知名度、运作磨合方面，都不如东方宾馆等老牌宾馆。这是事实，但这并不是不可逆转的。从试营业到正式营业，制度和规定从文字上的表述到真正可以有效运行，以及与整个社会大环境的对接，白天鹅在探索道路上走了很远。任何时代，改革从来都不是一件轻而易举的事情。如今随便一件看起来顺理成章的事情，当年也是经过无数的争取和不懈的坚持才换回来的。白天鹅的经营状况，在一个个的突破中迅速改善。在1983年余下的十个多月里，平均开房率为73%以上。年底总结算时，白天鹅宾馆获得利润1282万元，实际偿还了

700万美元和100万人民币的贷款，还拿出80万兴建职工宿舍。霍英东先生高兴地说："白天鹅就是个奇迹！同时，也说明广东实行开放是非常成功的。"白天鹅宾馆凭借优秀的服务态度、服务水平，当年就打了漂亮的翻身仗。不仅如此，白天鹅人还将中高层酒店管理者分批送往全球最好的宾馆酒店，让他们开阔眼界、提升认识，回国之后用他们的所见所闻，不断完善酒店的相关管理制度和服务规范。

在白天鹅开业一周年之际，宾馆迎来了改革开放的总设计师邓小平。1984年1月31日上午10点40分，时任中央军委主席邓小平以及王震、杨尚昆等党和国家领导人前来宾馆参观。这是邓小平第一次光临新诞生的白天鹅。邓小平称赞："这个宾馆比美国的好！"他对宾馆里的"故乡水"景观很感兴趣。随后到扒房进餐，称赞"很好"！他没想到，白天鹅宾馆做出来的法国面包，跟他在法国留学的时候吃到的法国面包，味道和品质几乎是一样的。临走的时候，邓小平要求打包几条法国面包，他要带去上海。事后，霍英东先生介绍，打包这几条面包不是吃那么简单啊，他是拿着这个面包去上海，让大家都看看，改革开放可以为我们带来什么东西。

邓小平的到来，为宾馆的发展扫除了许多障碍。但旧的问题走了，新的问题又来了。

当时的国营酒店有相应的粮油指标，白天鹅宾馆作为中外合作经营酒店，没有相应的指标。当时酒店使用的米、油、面粉，都要从香港进口。但进口不是万能的，比如说客人要吃干炒牛河，河粉就没办法进口了。彭树挺想了个办法，在饭堂收取了员工的粮票之后，拿着这些票据去购买需要的食品。

在制度日益完善和服务水平日渐提高时，有人对当时宾馆收费太贵提出了质疑。以当时白天鹅宾馆西餐厅销售的咖啡为例，其价格要比国营宾馆贵很多，在宾馆内外引起很大的反响。就连董事长梁威林，有一次喝完咖啡后都对其定价发出了质疑。这定价到底合不合理？争论中，霍英东先生亲临餐厅过问。据彭树挺介绍，当时西餐厅的同事已经向霍先生解释过，但霍先生不满意，要他来回答这个问题。他就说："定价不同的原因，最重要的是服务质量的不同。白天鹅的咖啡是进口的，其他酒店用的是国产的。白天鹅的咖啡是讲究新鲜度的，是一杯杯煮出来的，而别的酒店是大锅一次性煮出来然后分装的。我们为客人提供了最好的服务，就应该收得贵。"霍先生听了，深表赞同。

转变经营管理理念和突破物价规定的制约，现在说是很容易的，当年却很难。白天鹅人用他们的智慧和勇气，突破了当时许许多多的制约。江景的房间价格高一点，城景的房间价格就低一点，这在之前都是不可思议的事情。白天鹅人以敢为天下先的勇气和精神，一点点突破旧有体制下设定的物价规定。渐渐地，凭借良好的服务，白天鹅宾馆声名鹊起。白天鹅人用学"洋"又不唯"洋"的经营管理理念，以及高品质的酒店服务，深深吸引了海内外的客人。在顾客的心目中，留下了优质优价的良好印象。

1986年的一天，正在餐厅工作的彭树挺突然接到电话，让他上28楼开会。

"整个房间都坐满嗮（了）！"彭树挺回忆起当时的情景，房间里的领导坐了一排又一排，他走了进去，坐下后才知道，原来这天是国务院工作小组到广东调研物价问题。工作小组成员问："现在广东的物价情况怎么样？"现场鸦雀无声，没有人愿意出头回答这个问题。时间一秒一秒过去了，年轻气盛的彭树挺忍不住开口回答："肯定贵了。"得到回答后，工作小组成员继续问："放开物价到底好不好？"彭树挺干脆抢答："好啊！"与此同时，他觉得有人在后面踢他脚。问题继续被提出来："放开物价会不会有什么影响？"他又回答道："不会有影响。放开物价就会有多点物资供应。"话还没说完，又有人拉扯他的西装警告他："不要乱说！"……

彭树挺的"乱说"，是他自己的心声，也是白天鹅宾馆在当时艰难处境中的肺腑之言，更是时代呼唤的声音。

能采访到彭树挺，真的很幸福！因为他总是滔滔不绝，但又不会离题，是一位很棒的受访者。不知不觉中，我早已尘封的记忆竟然被他激活了。

1987年，我跟随父母亲搬家了。新家、新学校、新生活让我充满了矛盾。我为离开了那座"小城"迎来新生活而兴奋，也因为外界的急速变化而不适，然后就这样混杂着不同的滋味前行。一天早晨，刚刚从盘福路小学转到农林下路小学的我，被妈妈拉着快速往前走。每天早上，妈妈总要带着我走路上学。然后，她再走到距离学校不远的东风路去坐车上班。因此，我总是很早就出发，而路上，无论是华侨新村，或是落成没多久、差点入选羊城新八景的区庄立交，总是没什么人。

那时，立交下，在凌空汽水厂的旁边，有一排门市部和商店，出售各式各样的商品，往日的人流并不大。但那天我气喘吁吁地跟着母亲走到区庄立交时，却见到了完全不一样的情景。铺子都还没有开张，一块块坚硬的木门板却挡不住顾客排队的热情，人龙从档口一直排到了立交桥的另一边，还打起了转儿。

"他们在干吗？"我上气不接下气地问母亲。

"他们在排队，等商店开门买东西。"母亲边走边说。

"那我们怎么不排队买东西啊？"我不依不饶地问。

母亲之后再也没说话，紧紧拉着我的手，快步穿过人群。后来，我从同学们的口中知道，那几天，传出物价要放开的消息，大人们担心物价会涨。那时能买到什么就是什么，大到冰箱彩电，小到大米甚至食盐。一轮下来，区庄立交底下的商店被买了个底朝天。

恐惧本身不能解决任何问题，该来的还是会来。很快，物价开始陆续放开，但短暂的波动后就恢复了平稳。人就是很奇怪，对后面的事情我完全没有印象，只记得那排队的场景。或许，这就是人们对于未知恐惧的本能吧。

"好了，今天差不多了吧。"彭树挺整理了一下西装，站了起来。这天，两个多小时的采访结束了。可惜，我想问的还有很多很多……

凭着先行一步的优势和先进的管理机制，白天鹅宾馆在此后的十多年一直是中国酒店业的标兵，创造了第一家被纳入"世界一流酒店组织"成员、国内首批三家五星级酒店之一等中国酒店业的多项第一，成为广州的城市名片，也是改革开放的功臣。

别了，村中城

城的嬗变

采访从来就不是一件轻而易举的事情，无助、焦虑、彷徨的感觉常常会在我的心里游荡。背景资料、受访人材料都已经默记于心，看上去似乎已经准备很充分了。但人心是无法准备的，这也意味着不是每一次采访都能走进被访者的内心。因为每个人都有一把打开心门的独特钥匙，只要对不上，就永远都不会敞开心扉。

还记得，第一次参与报告文学工作是2010年。那次随项目组开展治水工程采访，在长方形的大会议室里，采访者与被访者相对而坐。那是一个夏日午后，从户外工地返回采访现场的众人，都带着八九分的疲劳。

可是谁也没想到，当天的采访会用下面的这句话开场："你们实话实说就好了。"老作家手举到与太阳穴平齐的位置，然后画了一个半圆，"我们这些人走南闯北，三峡大坝都上去过。"

那时的我赶紧低下头，根本不敢跟对方的视线相对。

"说吧，来干货！花里胡哨的不要。"老作家虽然喘着粗气，但语气没有丝毫的回旋余地。

……

无论在任何情况下，我大概都不敢用如此硬核的开场白。个性？名声？都不是。我一直在试图寻找一个属于我自己的最佳采访切入方式。

无数次的失败后，我找到了自己的方式。那就是分享自己的故事，希望以此换回对方的信任和故事。有朋友对我这种"以物易物"的方式提出了质疑，认为这样暴露自己隐私的方式并不可取。但我认为，如果通过分享能换回一些创作素材那自然最好，但如果未能我也没损失什么。虽然这把钥匙不可能打开所有的心门，但是它能够提供一些可能性。

"这是什么？认识吗？"

清晨五点多，岳父已经推开家门出去了。

已经睡醒的我，赶紧跟了出去。

这是我们俩第一次的单独相处。两人一前一后，沉默不语地走着。

当来到鱼塘边上，岳父停下来，用手指着鱼塘边那有我大半个人高的植物问道，而眼睛还注视着面前的鱼塘。

我站在他的身后，瞄了一眼回答道："狗尾巴草。"

岳父刚才还在比画的手停了下来，身子也扭了过来，眼光闪了一下，笑了："你还知道狗尾巴草！不错！"

我也笑了。在盘福路那座"小城"时，我常常期待能走出"城"。而在那些年的记忆中，最为深刻的地方是另外的一座"城"，一座农村里的"村中城"。

可惜，那座"城池"并不是想去就能去的。它的城门只在寒暑假的时候，才对我们这帮熊孩子开放。

小的时候，有两个感觉总是很强烈：距离总是太远，时间总是太久。盘福路口的21路车总站停着比如今的BRT B1路巨无霸公交车更长的车。那是除了省电子研究所的班车之外，唯一能帮助我到达父亲单位的交通工具。那个地方叫"瑶台"。对于那时的我而言，瑶台的"瑶"与更遥远的"遥"是同一个意思。那时车厢能转弯的21路车，走走停停，要一个多小时才能到"矿泉"，下了车还要走半个小时的黄泥路，才能到达那座高耸的"城门"。如今柏油路宽整平齐，过去足足半个多小时的路，如今十几分钟就到了。虽然快，却没有了以前的期待，就是这样的奇怪。

城的嬗变

　　这就是我的暑假生活，从一座"小城"来到一座大一点的"城"。电子研究所是一座被农村包围着的"村中城"。两扇大铁门将"城"和村隔绝开来。对于大人们而言，他们每天就是在进"城"和离"城"之间做他们应该做的事情。而对于孩子们而言，进了"大城"玩法可就不一样了。

　　省电子研究所很大，关上铁门俨然就是一个小社会，办公室、实验室、实验工厂，还有饭堂和油库，一应俱全。一天之内，我可以在实验工厂与各类冲压机和机床中转来转去，软磨硬泡让叔叔们给我试上一次。司机班的坏叔叔们让我在油库油桶旁学他们拿着油管用嘴吸油，弄得我的嘴里满满都是汽油味。更坏的是，有一天我看着他们"吞云吐雾"，很好奇地问，那是什么。结果他们直接让我吸了一大口，然后看着咳到眼泪水都出来的我，放声大笑。我也可以在实验室中看着不计其数的示波器不停跳动，惊讶得连嘴都合不上。也和其他小朋友一起假模假样用酒精灯烧开试管中的水，还美其名曰"制备纯净水"……

　　很快，不知死活的我们就被禁入各种"要地"。能让我们通行无阻的地方，就剩下阅览室、医务室和食堂。最能让我消耗精力的就是食堂。几颗糖、几粒花生米就可以让我在厨房里帮上一天的忙。从来没想过，厨房竟然会很高很大。暑热难耐的时候，大师傅就会开启好几把巨大的落地铁片风扇。那风直接将我吹到滑动。但我依旧很开心，再热也不怕，任何事物对于我来说都是那样的新奇。在厨房的最大收获是学会了做盐焗鸡。大师傅很喜欢我，总是让我在比我还大的铁锅旁帮忙。一天，他往铁锅里放了小半锅水，倒入一大袋盐焗鸡调料。汤料烧开后，他一只一只地将鸡放入，鸡半入水中。他让我拿着和他的胖手掌几乎一样大以及有我一半高的长汤勺不停地将汤淋到鸡上，然后浸泡、冰镇。几天后，大师傅直接让我操作了一回。那天所里有不少人吃到了我做的盐焗鸡。

可高兴还没几天，我的食堂生涯就因为和其他小朋友一起偷开买菜用的"三脚鸡"（三轮摩托车），撞到研究所大院的花坛而告终。

"不准出去玩！外面都是乡下人！"父亲严厉地警告我。对于刚刚因为在越秀山看球时与父亲走丢而挨了一顿打的我来说，这样的警告是很有威力的。但研究所再大也只是铁门关起来的"小城"。几天后，我厌倦了在研究所顶楼的天台上看广州火车北站（老北站）各式各样运货列车的进进出出；我再也无法从花丛中摘下的大红花的屁股上吸到一点点的蜜汁；我没办法玩顶蜗牛游戏了，因为蜗牛们早被我们几个熊孩子顶光了。

于是，我想要走出那扇冰冷的铁门。那天，门口值班的黄姨又塞给了我五分钱。

"去！出了门口，左手边的小路，里面的小巷子里有杂货店，去买根冰棍吧！"

"去吧，没事！我不会告诉你爸爸的。"

我接过钱，走出了她为我打开的小门，走进一个全新的世界。

出了研究所门口，要是走上黄土坡就是瑶台小学，沿大路下坡，路边就是稻田。我按照黄姨的指点，沿着小路走。路就在黄土坡下，仅有两人的宽度。路旁低下去的就是房子。屋顶正好到我的腰部。屋檐就挨着路边，在房子的正中有一条带着矮门的楼梯。楼梯的两边都是猪圈，陡立的黄土坡使得猪圈里只有一丝丝的光线。里面有五六头猪慵懒地躺着，污渍遍地。楼梯正对着的是贴着门神的大门，哪怕是晌午时分也是黑漆漆的。走过这里的第一件事就是捂着鼻子。路时高时低，唯一不变的就是猪圈和住宅。

总算是走到分叉路了，转入小巷光线依旧昏暗，一间间小店开着门，黑着灯，门口放着用棉被盖着的箱子和一罐罐大玻璃罐泡着的各种水果蔬菜。

五分钱，一根要翻开好几层棉被才能拿出来的无色甜冰棒。我就在这混杂着"香气"的环境中舔了又舔。渐渐地，我喜欢上了这里的"咸酸"（腌制的蔬果），尤其是那酸得掉牙、咬起来又脆爽的酸木瓜。酸木瓜很贵，囊中羞涩时我会去买最便宜的酸芥菜解馋。

在这片新天地里，不但有猪，有冰棍，有"咸酸"，更有一大片葱绿的水稻田。记忆中的水稻田总是绿油油的。有水就有稻田鸭，有绿穗就有绿蚱蜢，有杂草就有蜗牛……逮着哪一样都够我们玩半天。

一扇铁门将同一片蓝天下的人们分开，"城"里的人忙忙碌碌搞科研，村民们的生活也并没有太受到"城里人"的影响。任凭车来车往，不管风吹日晒，他们总是按照他们的节奏打理着水稻田。

对于我们这些从"城"里来的小"疯子"，他们同样并不在意。

"你去啯（那）边！快！快！快！"

刚刚还推推搡搡的我们几个，现在齐心协力脱了鞋子、袜子站在齐小腿的浑泥水中，打算给田螺来一个大包围。

"一、二、三！冲啊！"我们将手上的大簸箕斜着一插到底，分两边蹚着浑水对冲。会合之时，大家高高捧着簸箕，让浑水流下。当然不是每一次都有收获，通常我们捞上来的都是杂物。常常是十几个来回才能侥幸捞到两三个。呵呵，没办法了，谁让我们是鸭口夺食呢？

水声伴着笑声，让刚才还在争执田螺应该属于谁的我们几个熊孩子乐成一团。

"要返（回）城了？"

"嗯！"

"下次要再嚟（来）玩啊！"

"好啊！"

仅有的战利品最终都是归村里的朋友，因为我们要赶回去坐班车从"小城"回"大城"，谁也不想被家长见到田螺抓住"罪证"。但那又有什么关系呢？一个又一个愉快的下午就这样流逝了。

……

而到母亲的单位轻工设计院却是另外一个光景。一条笔直的东风路，将家和设计院连成了一条直线。母亲每天在昔日的30路公交车总站下车，到设计院开启一天的工作。

总记得那时的路是那样的宽，而两旁的楼是那样的矮。总站旁边就是钟表厂的门市部，印象中里面总是黑不溜秋的。而对面的糖果厂总是不停地散发着各种的甜香。哪怕是隔着如此宽敞的马路，也不会令人感觉到味道有丝毫的冲淡。那味道比起吃在嘴里的糖更要香甜不知多少倍。去设计院的行程，不是在这样的味道中开始，就是在这样的味道中结束。

钟表厂的门不高，里面有着宽阔的草坪，常有身穿一整套蓝色衣服的人们推着单车走来走去。母亲拉着我，从工厂旁边的小路穿过，来到中山路，来到杨箕村。

当时光来到2016年国庆假期，广州最热的新闻恐怕非杨箕村的回迁宴莫属了。

航拍镜头下热闹欢快的场面，引起了各种各样的议论。

在我眼里，那是一份淡淡的忧伤。

世间再无昔日的杨箕村，得到的很多，失去的也不少。

童年时母亲的单位省轻工设计院就在杨箕村旁。每天中午放学，我都会坐车经过杨箕村去母亲那里吃饭。有时也会走上一个多小时，为的只是省下车费一角钱到杨箕村路口垃圾站对面的杂货店买上块猪油膏。多年之后，知道实情的母亲说，难怪总是在门口等一个多小时都见不到人。

设计院离杨箕村还有一段路，除了路口的杂货店和后来的卡纸店，唯一的印象就是村里河边那一栋水泥高楼商场了。水泥的路面、杂乱的街面，还有黑臭的河涌，杨箕村给童年的我留下了并不美好的印象。

妈妈上班的时候，我啥也不能做，只能趴在斜斜的设计台上写着寒暑假作业。有时想到制图室玩玩，但很快就被酸臭的氨气熏了出来，只好乖乖地回到母亲身边。最开心的事情，就是中午可以躺在总工室的长木椅上，举着妈妈从阅读室里借来的《十月》和《花城》慢慢看，那段时光才是属于我自己的。

那时的我就在想，为什么同样是村，瑶台村和杨箕村会不同呢？不过也不是完全不同，在阴晴不定的夏日里，只要下了大雨，不管是瑶台还是杨箕，都会水浸。两地的人们都早已习以为常，垫砖的垫砖，堆沙包的堆沙包，一切都井井有条。而无序的是我，身披雨衣、脚穿雨靴的我，不顾母亲的呼喊，踩在已经没过鞋面的水中，与漩涡做游戏。

但这样的事情，在盘福路似乎没发生过。那天乌云蔽日，狂风暴雨，盘福路小学提前放学。我们大院的几个孩子手拉手，用尽了全力，总算过了平常只需半分钟就能横过的马路。没有电话，没有钥匙，浑身湿漉漉的我，顶开客厅的窗，翻身爬了进去，换了衣服，打开黑白电视，就在椅子上睡着了，直到母亲火急火燎地赶回大院。

　　母亲那时最大的心愿，就是想早日搬出这个白天都伸手不见五指的老房子。而顽皮的我，总觉得还没玩够。1987年，母亲的心愿实现了。我们一家三口坐上放满家具的小货车，搬到位于淘金的研究所新宿舍楼。虽然那时的淘金，到处是工地，遍地是黄土，还有两条一前一后轰隆隆的铁路。但有了新家，那感觉真好。

　　"快点，月亮都出来啦！"我在阳台大声叫着。

　　"急什么啊！"从厨房传来不是很清楚但明显带有不满情绪的声音，然后就只传来"哕啦哕啦"的声音。

　　我知道那是在翻炒田螺的声音。

　　老话说得好：各处乡村各处例。

　　吃田螺是我家过中秋的重头戏，甚至连月饼都是可有可无的。每到中秋节的前几天，父亲就会拉着我跟他一起去买田螺。

　　1988年的黄花岗菜市场，是一个场外比场内更热闹的地方。菜贩子席地而坐，一堆堆的菜就铺在红白蓝塑料编织布上。中秋时节自然少不了田螺贩子。他们面前放着一个个不高的塑料桶，其中八分满地装着田螺和泛着泥色的水。我每次见到这样的桶都会纳闷。我总是疑惑，怎么会有这么多的田螺？

　　那时的广州还没有全面开发，如今的核心区域珠江新城、车陂、东圃、琶洲还都是一片农田。一轮砍价后，我们爷俩一个大袋一个小袋提着将近十斤重的田螺回家了。

　　到家之后首先要做的就是放水洗螺。

　　那田螺要洗很多遍，水才会从浑浊渐渐变得清澈。

　　螺儿现出了乌黑发亮的外壳。

但这还不行，还要放水养，用家里最大的塑料盆来养。

而用的水是之前在阳台上暴晒过的，为的是除掉那股烦人的氯气味。

水要每半天换一次，因为螺儿们会吐出许多的沙子。

换水的时候，母亲和我还要用牙刷给螺儿洗洗身子。

在明亮的灯光下，一圈圈的螺线看得清清楚楚。那壳竟然是半透明的。

倒旧水，洗盆，装新水，放螺儿……

接下来的三天都是这样周而复始，直到螺儿再也不吐脏东西了。

接下来就是群众喜闻乐见、当事人苦大仇深地给螺儿剪尾环节。

三条板凳，三个脸盆，三把钢丝钳，比的不是谁剪得快，而是看谁的作品品相好。

什么叫品相好？

不能有崩口，不能剪到螺肉，不能剪太高，也不能剪太低。

一句话，既要吃着方便又要看着漂亮。

眼睛要看得准，下手要快且狠，不协调的话做出来的一定是不合格品。

于是又一个上午在此起彼伏的"咔嚓"声中度过，换来的是腰酸腿疼和如同小山般剪了尾的螺儿们。而这些螺儿们还要再养一个下午，为的是让它们再吐吐异物。

螺儿开炒的时候，总是在吃过八月节晚饭后。"哗哗哗！"那是厨房传来的声音，是出锅的声音。

"当当当！"我知道那是螺儿被装入一个又一个铝制饭盒的声音。

父亲做那一桶螺儿，不光是我们自己吃。他每年总要给亲戚、最好的朋友，还有要好的同事送上几盒螺儿。

"快来啊！月亮都快到房顶了，都要看不见了！"我耐不住性子嚷嚷了起来。

"急什么！这不是来了吗？"母亲端着一盘螺儿来到了阳台上，紧跟在后面的是一脸疲惫的父亲。

"你懂啥？最后出锅的，炒的时间最长，最入味。"父亲一边说一边松开板着的脸。

这话不假，我用牙签挑开了螺儿的门盖，轻轻一嘬，弹牙的螺肉和浓郁的汤汁就到了嘴里。

"慢着点！"父亲用筷子敲了敲我的头。

母亲给大家倒上那年刚上市的新产品——无酒精的龙啤。

我们仨就这样在满盈的月光下，吃着咸、鲜、辣的螺儿，配着苦苦的龙啤，在不凉不热的风中，回想着过去一年所发生的事情。有好事也有让人烦心的事，但一切就像那月亮一样，都会有阴晴圆缺。只要我们仨在一起就足够了。

不久，电子研究所搬去了刚刚开发的天河。而我，从此就与那座"村中城"告别了。

"舅公"的烟斗

城的嬗变

　　没有白走的路，每一个不随意的人生印记都是一笔不知道什么时候可以用上的财富。我从来就没想到我凭那一丁点的乡村生活经历，居然也可以在像刘铭这样的"农村通"边上浑水摸鱼，至少我在点头的时候也可以理直气壮一点。

　　"你们这些人都是城里人，不了解村民的心理。"刘铭坐在宽大的椅子上，右手高举着工夫茶壶，快速地在一个接一个的小巧工夫茶杯上方停顿、移动，每一杯也就滴个几滴就换下一杯。如此大费周章，图的就是各杯的茶汤浓度一致。这还有一个好听的名字，叫作"沙场点兵"。

　　刘铭，当时在海珠区政府工作，负责跟进海珠湖工程项目。"我跟你们不一样。你们一直就在城市里面，我以前在白云（区）的村里面，最早是负责村里面的教育。后期就什么都管。"刘铭声音洪亮，他的办公室非常大，但四处都能听到他声音的回响。他高、黑、壮，说话速度快但清晰。而穿着则是他和大楼里其他人的最大差别，别人总是笔挺的正装，而他则是一身的休闲服，和其他项目负责人的形象形成了巨大的反差。

　　"嚓！"刘铭拿起茶杯一饮而尽，对着我说："你可以随便问他们。"随着话音，他的手在空中画了一个半圈，指着身旁的同事说："我跟他们说，跟农民打交道，最关键就是要诚恳。千万不要哄骗。不要以为他们很好骗，其实他们什么都知道。只要骗了一次，以后都不可能打交道。"

　　我拿起笔记本，原以为已经跟农民打了20多年交道的刘铭会洋洋洒洒说上成千上万字。可刘铭淡淡地说："其实农民很朴实、也很可爱。如果你端着官架子、打着官腔，说着大道理，嘴里总是'这是政府政策规定的'，那农民们掉头就走，理都不理你。农民的经济收入本来就很低，伤不起。为了推进进度就乱许诺骗人签字，等被人回过味来，最后陷入旋涡的是自己。"跟农民打交道，在他看来说容易也容易，说难也难，就是三句话：心里有对方，不要诳对方，让对方认可你。

"那你在拆迁过程中，最难忘的是哪一件事？"

"难忘的事就多了。"刘铭笑了，身边的人都笑了。

采访时距离海珠湖的建成已经有一年多了。岁月就像是一条永不停歇的大河，最终将一块块巨大的记忆石头磨成无尽的碎片，而能在记忆之河扎根的一定是"顽石"，那是永不磨灭的印记。

"你之前有没有见过海珠湖？我指的不是现在，是它以前的样子。"刘铭微笑地看着我。我也微笑着。我去过两次，只不过两次中间相隔了20多年。

那年，我在省电子研究所又度过了一个暑假。紧闭的大门断绝了溜出去玩的念想，烈日下，无处藏匿的我只能百无聊赖地围着车库前的大广场转。但是转眼之间，我已经在一辆飞驶的面包车上，而在我身边的就是看护着研究所大门又时不时给几分钱让我去买零食吃的黄姨。童年记忆就是这样有一搭没一搭的。已经不记得到底颠簸了多久，终于停了下来。下了车，脚下是黄泥地，眼前是一幢不记得是两层还是三层的小楼房，而背后则是绿油油的一片果树。那天有两件事情是确定的，一是房前那棵高高的番石榴树以及树上满满的"鸡屎果"，还有记忆中那挥之不去的"鸡屎"味；第二件则是这里是万亩果园的一个角落，而现在大概也成了海珠湖的一部分。

第二次来到这个地方则是在2010年。我参与报告文学采写组。我被分到的内容叫作"调水补水"，东濠涌、荔枝湾涌、车陂涌、白云湖以及作为海珠系统治水工程核心的海珠湖的情况，都在我的采访范围内。

但我印象最深的不是那次对接单位组织的现场采访，而是在动笔之前我自己偷偷去的那次。我一脚深一脚浅地踩在还没有彻底硬化的湖岸边，背对着如血的夕阳。面前的海珠湖已经开挖形成，黝黑的土上已经有了不到半米深的水，偶尔会看到几条鱼儿优哉游哉地游着。岸边的造型都是用挖上来的泥堆砌而成，一脚下去还会冒出浑水，远处还停着一个个的"钢铁巨兽"。此情此景，挖掘机和拖斗车在这里没有一点的违和感。

刘铭和他的同事们笑了，能引起他们笑的当然不是我每走一步就感觉鞋子快要掉了的事。或许对于他们而言，一个到过现场的采访者，可以让他们有着更多的话题。

"现场不是有钢板吗？你怎么不走钢板？"

"多少年没踩过泥地了，再找找感觉。"

……

一来二去，大家的话匣子也都打开了。

关于最难的事情，大家把话题都聚在拆迁上。之所以说这个是最难的事，一方面是因为拆迁与经济利益息息相关，而另一方面则是拆迁谈判的过程直指人心，人性中无论是好的还是坏的一面，都会暴露无遗。

海珠湖的征地，涉及多个行政村、多个自然村，还有许许多多的生产社。海珠湖在9月就要建成了，而在2010年的春节前，这里还是大片大片的果林、菜地以及鱼塘，征地的时间只有一个月。这是区书记、区长立的军令状，也只有他们能有如此大的魄力来下如此大的决心，将海珠湖工程纳入治水工程当中。这个决心如果要让老刘来下，那是有一百个胆也不敢下的。

在所有的事情中，最难做好的就是与人相处。人和人相处，就像是对着一面镜子一样。你如何去对别人，别人就会用同样的方式来对你。同样的，要去征人家的地，拆别人的房，换个角度想想，首先要考虑能为对方做些什么。

每个人的处境都是不一样的。岁月总是在慢慢地流逝着，在人生的轨迹中，谁也免不了出现偏差。当年，大家聚在一起的时候，或许彼此之间差距并不是很大。但是这些年的偏差，渐渐地把人引入到不同的人生境况。这些偏差，就成了人生的转折点。通常，人们对它们总是记忆犹新，仿佛就发生在昨日。

"不乱于心，不困于情。不畏将来，不念过往。"丰子恺是大家，看透了，也看破了。但世间又有几人能做到呢?

老梁是东风村的一位老村民，也是一位老手艺人。早年由于违反计划生育政策，受到了严厉的处罚，既交了罚款又被剥夺了参与分红的权利。在集体经济迅速发展的时代，老梁除去地里的收入外，就靠他做手艺的血汗钱来维持家计。这么多年，他为此付出太多太多了。计划生育是国策，违反受罚是理所当然的事情。但老梁多年生活艰难，无所依靠，让人同情也让人难过。

征地时，村、社的干部上门做老梁的工作，没说两句就被骂了出来。积怨太深了，这么多年的苦，一下子全涌上来。棘手的事情转到了刘铭手中。他刚刚迈进门槛，四五个人马上围了过来，说什么、骂什么的都有。

刘铭就一直静静地站在那里，无论是口水喷到了脸上还是手指戳到眼前，他只是竖起耳朵默默地听着，不解释不反驳。一个小时过去了，又一个小时过去了，围着他的人也总算是累了，气也消了。

老梁拉过凳子请他坐下，这时刘铭才开口说话："梁伯，家里有没有什么困难？"

老梁的话像是开闸的洪水一样泄了出来。自从受罚起，这些年，没有了集体分红，就靠地里的收成。年轻一点的，在外打工，而老梁已经是六七十的人了，仍然在外靠手艺赚钱。家里实在是捉襟见肘，老人病了没钱看，小朋友要读书又交不起钱……

时钟嘀嗒嘀嗒地响着，不知疲惫地转了一圈又一圈。老梁的嘴也一直没有停过。这些年受的苦、遭的罪，好不容易有个倾诉的对象，一下子决堤而出。

刘铭看着对方，手里不停地记录着老梁的诉求。

老梁说完，刘铭起身要走。老梁很奇怪，因为刘铭说要把他今天记录下来的情况反映到区里，看看能不能帮帮老梁。因为已经很多年没有人愿意像刘铭一样，可以让他尽情地诉说。刘铭能做到这点，他很感动。虽然他并不抱什么希望，但他从刘铭这获得了一份久违的尊重。

两天后，区红十字会的工作人员找上门，说如果老梁愿意，他们可以资助一家老小的看病和教育问题。

相对老梁面对的难题，这提议并不能完全解决老梁的困难，但这并不打紧，老梁更看重的是这背后透露出的善意与尊重。于是，当刘铭再次踏入老梁家的时候，一切都发生了质的变化。老梁原本僵硬的脸上绽放着笑容。很快，双方开始实质性的沟通，直接面对问题的核心。

老梁世代生活在此，梁家的祖坟就位于海珠湖的征地范围内。而按照拆迁的规定，迁移祖坟是要进行补偿的。这没问题，但是有多少个？双方各执一词。村干部点算是40个，而老梁坚持说是230个。差距太大，之前双方争执不下，村干部认为老梁不地道，漫天要价，所以才导致僵局。

刘铭根据他多年的农村工作经验，觉得老梁不会拿这种事情开玩笑，他的坚持一定有其自身的道理。于是他请老梁带他去走一走、看一看。老梁看到刘铭的态度，非常高兴，带着他到现场去看，一边看一边解说……

其实双方都没有错，村干部点的对，老梁说的数目也不假。原来这里是整整一个大家族的墓地，虽然看上去是一个独立的，但其实是这一分支的若干亲属的墓地。比如说，这一个里面有男主人，也有女主人，还会有他们的孩子。简而言之，一个坟头下面埋着若干人，所以其实双方都没有错。刘铭说："这很好办，施工的时候，我们一穴一穴地请，请出来多少个就按多少个算钱，实事求是，就不会有错了。"

老梁听了很是感慨，表示同意。

当时已经是接近海珠湖正式动工的时候，区委书记和区长都已经请来了市里面的大领导为海珠湖工程正式剪彩开工。

而迁坟这样的大事，急不得，要一步步按程序来做好。这在剪彩前，绝对完成不了。

老梁拍着胸脯说："老刘，你放心。剪完彩，我马上迁。"

刘铭笑着跟老梁说："好，我信你。"

在市里的领导宣布海珠湖正式开挖后的第二天，刘铭让人在老梁家祖坟的附近插上竹竿、绑上红线作为标记。岛上，到处都在进行清表，而老梁这里原封未动。

清点那天，刘铭很忙没来现场。他委托同事转交给老梁一个红包和一圈爆竹，表示他的心意。老梁很是感动，不到两天的时间，所有的祖坟都迁走了。数量正是老梁所说的，不多也不少。很快，老梁拿到了补偿款。

发生在老梁身上的故事告一段落，但刘铭在拆迁中的故事还有很多很多。他凭他的坦诚与公平，渐渐被一户又一户的村民认可。大家都觉得刘铭是可信赖的人，只要是他所到之处，就基本上没有什么问题是解决不了的。

"还有一件事，就是被推为舅公。"已经讲了一个多小时的刘铭并没有感到疲劳，也没有要送客的意思。反倒是我们有点不好意思，知道他很忙，怕耽误他的时间，但讲开了的刘铭停不下来。

那天，刘铭突然被村民请到村子里，对方神神秘秘、遮遮掩掩的。跟村民见面的地点定在了祠堂。当他走进去时发现，里面已经坐满了人。在这些人当中，有一些是刘铭已经妥善处理的钉子户。其中当时反对声音最大的雷轩就在其中。

刘铭很快就发现气氛特别。随着他的进场，每个人都笑着起了身，中间还给他让出了一条道，还拉着他坐到祠堂的正中间。场面如此隆重，刘铭觉得，这天一定有大事。果然，村民代表站了出来，宣布公推刘铭为村里的舅公，呼唤大家来敬茶。刘铭一下子蒙了，还好也算是老江湖，见过世面的。正好身上有一些信封，刘铭赶紧把钱塞进去，就当作是红包了。

仪式很正式，雷轩带头第一个走到刘铭面前，端着茶，突然跪了下来，喊了声"舅公"，然后敬茶。刘铭笑呵呵地接过茶，一个"红包"给了出去。然后一个接着一个，他准备不足，信封很快就用完了。到最后，就只能直接给钱。一喝就是一杯茶，比起喝酒来更痛苦。不过，胃是不适的，心是高兴的，像花儿一样绽放。

说起雷轩，可真是不容易。他自从当兵回来之后，就一直在生产社社委工作。在反对拆迁的人中，他是一个铁杆的"鹰派"。在所有的干部中，他的反对声音最大，最强烈，也最执着。

为了转变雷轩的态度，刘铭不但出面和他谈了两次，还特意借了杭州湿地公园的资料给他看。他不断向雷轩解释，海珠湖项目完成后，会给村民们带来什么样的实质好处，会怎样改善他们的生活。他还介绍了杭州湿地公园项目为其周边的居民带来的良好效益。

他当然明白雷轩对乡土的那份不舍，但他更着重指出了未来的方向。而他的执着，也让对方一点点地转变。这次村里公推"舅公"，雷轩也是发起人之一。

海珠湖正式开挖，第一项工作就是清表。所谓清表就是把征地范围内所有的地面上一切妨碍施工的物体全部清除掉，清干净了才有利于施工的进行。

夜里，雷轩找到了刘铭。他想进入海珠湖的工地，去拿些东西。

究竟拿些什么东西？刘铭很好奇。雷轩说，他要去拿一些老荔枝树的根部留作纪念。这真是一个多情的好小伙！刘铭同意了。时间一晃而过，海珠湖已经建成了。刘铭也松了一口气，在亚运会来临之前，可以好好休息一下。临近下班时分，电话突然响起，是雷轩。刚接通，他已经迫不及待地叫了起来："舅公！"刘铭心中一下子多了股暖流。

"舅公，我请你吃饭。"

"傻小子，你请我吃饭，你才多少钱工资啊。我请你还差不多。晚上到我这里来吧，我们一起去吃饭。"

晚上，雷轩来的时候，手里提着一个大袋子。刘铭问是什么，雷轩笑而不答。两人来到了饭店，找了位置坐下。刘铭先上洗手间。回来的时候，只见雷轩把一个个的盒子放在台面上。

"这是什么？"

"是送给舅公的。"

雷轩边说边打开其中的一个盒子，里面装着的是一支烟斗，做工十分精美。

"这么贵的东西，我可不能收。"

雷轩笑了笑："舅公，没事，我自己做的。"

"你做的？"

"是啊，当时我回去拿荔枝树根，就是在想：它们在那里已经上百年了，就这样被砍掉、丢掉，太可惜了！我要拿来做些什么，留作纪念。舅公，您抽烟太厉害了。荔枝木是凉血的，我用它做成烟斗，对您很有好处。"

刘铭很是感动，眼眶不禁红了："有心，很难做吧，辛苦你了！"

"其实也不难，我看了很久，选好材，打造成型，先泡药水，再晒干，干了又晒，晒了又泡，反复几次之后，再涂上光漆就可以了。做起来很快，但我想最好能多保存点时间，所以做得慢了一些。这样可以用得比较久。海珠湖成了，果林没了，这也是最后的纪念了。送给舅公……"

雷轩说着说着，自己的眼眶也红了。

那晚，两人喝到很晚，喝到大醉。因为此生此景不常有！

（根据受访人意愿，文中使用化名）

寡语者

毫无疑问，不是每一次采访都像采访刘铭那样收获丰厚。或许说，大部分情况下，尽管已经付出了诸多努力，但还是收效甚微。

这天，我又坐在水务局河涌管理所里等着黄征。我也是脸皮足够厚了，第一次采访是由组织撰写报告文学的工作人员带我们几个作者过来，第二次是我约的单独采访，而那天是第三次。

还记得第一次来的时候，我们几个作者分开进行专题采访。我跟黄征就在河涌管理所里展开了采访。说是采访，但黄征只是单向输出，完全没有给我交流的机会。文质彬彬的他拿着河涌管理所上一年度的工作报告，从头到尾读了一遍，之后就匆匆赶往工地了。我留在空空荡荡的会议室里发呆，等待着其他成员采访结束。

第二次，同样的地方、同样的人物、同样的剧情又来了一次。有人劝我，既然两次都这样了，那就按他的那份总结材料来写吧，反正那肯定是没错的。

老实说，我也心动了。因为毕竟这只是整个报告文学项目中一个并不大的部分，有数据再加点背景材料也能对付过去。但我心里觉得这总是缺少了灵魂。说到底人最难过的还是自己那关。如果不能说服自己，我肯定是不会放弃的，我还要再试一次。

第三次，我是自己按照地图摸过去的，结果在不该转弯的地方转了，一耽误就是半个多小时。当我到达管理所时，黄征已经因为紧急公务外出了。而我就来到办公室里，自己一个人坐在一张两人座的沙发上，静静地等着他回来。方方正正的办公室被隔板分成一个个狭小的独立空间，台面上的文件有很多已经堆得比挡板还高。每一个人都在不停地忙碌着，根本没人有空顾得上我。当时，我也不好去打扰别人工作。每一个人都有自己的工作任务要完成。

快到中午十二点的时候，有一位同志走过来跟我说："到我们饭堂吃饭吧。他还要一段时间才回来。"

"谢谢！"我跟着他走到了饭堂。一个不锈钢的大号汤碗，里面装着米饭、青菜还有榨菜蒸皖鱼。之所以会记得如此清楚，是因为我最怕吃鱼，几年都吃不上一回，通常都是在迫不得已的情况下才会动上一两筷。

他看着我用筷子小心翼翼地挑拨着鱼肉里的小刺，笑了："我们其实很少吃鱼的，今天被你赶上了。"

"为什么呢？"我有些不解。

"慢。平时大家都忙得团团转，最希望的就是赶快倒进胃里，然后可以好好休息一下。吃鱼太麻烦了，耽误事。"

起初我还有点不相信，毕竟这里是广州，一座滨海的省会城市。但我很快就信了。吃饭的时候，我们聊得很好。当我回到办公室里想继续聊的时候，突然有一个人从折叠床上坐了起来，对着他说："休息了！晚上还要加班开会。"

我赶紧识趣地结束了聊天，又独自坐在那两人座的沙发上，闭上眼睛，回想起他刚刚跟我说的细节。

"夜总会"这个词早就已经用烂了，但是还得继续用，因为没有比这更贴切的词。

多个工程标段同时开工，时间是那样紧迫。白天，治水人往来穿梭在各个工地现场，实地了解现场施工进度，寻求问题解决办法，已经够他们忙的了。对于他们来说，白天能坐下来靠一会儿，能喝上一口水，已经是很幸福的事情，因为他们人不够，时间也不够。

中午，从工地赶回治水办。办公桌上一份份的文件、一堆堆的材料，在等着他们去处理、去阅读。吃饭已经不再是一件享受的事情，它变成了一项任务，并不是因为伙食不好，而是大家都心不在焉。吃了饭，才有力气干活。吃得快，留给工作的时间就会多一些。

中午的时间太宝贵，很多的事情要处理、要协调。吃得慢，只会耽误工作。大家常常是嘴里嚼着饭，眼睛盯着文件，手里还紧紧地攥着手机，不时地接听电话、发送短信，还不时地和同事沟通。这项"任务"总算完成了，大家撕下餐巾，快速地擦了擦嘴，又继续处理未完成的工作了……

最后，不管午休只剩半小时也好，十分钟也罢，大家把折叠床打开，睡上一会儿。在办公室里，四周厚厚的窗帘已经拉上，灯光也完全熄灭，折叠床横七竖八摊开着，唯一的声音就是鼾声。

中午一点五十五分，上班的铃声响起。这里的人，摸着爬了起来，拉开窗帘，开灯，洗把脸又开始了下午的征程……

晚饭的时间，是最没谱的。治水人有些回来得早，有些回来得晚。领导很关心，安排厨房加班，保证大家不管什么时间回来，都能吃上热饭，夜里还要再加上一顿宵夜。

治水人从各工地回来，都要为晚上的会做功课，把今天他们在工地上了解的、看到的情况，工程进度，存在问题等一一汇报。

时间总是在不经意间溜走，等人齐了，等大家整理好思绪了，开会时往往已经是晚上九点多。

这里的会议与一般的会议大不相同。

一般的会议现场总是干净整洁，而这里却总是烟雾缭绕，会议桌上总是堆满了各式各样的文件、合同、工程进度报告。

一般的会议现场，手机都要调为静音，而这里的手机声音常常此起彼伏。因为工地还在施工，随时都会有新的消息传过来，打进来的电话通常都是不大好的消息，需要在第一时间做出及时反应。所以在会上，大家的手机都是正常待机的状态。

通常，会上发言的人都做好了充分的准备，发言流利清晰，而在这里，大家的思维都是跳跃的，表达并不十分流畅。

一般的会议，发言的人都有重点，细节会后再落实，而在这里，会上的一切一切都是细节。

所以这里开的会，总是特别漫长。

这里，是会议室，也是休息室，还是餐厅。

未正式开会前，同志们抓住仅有的时间眯一会儿。工程紧，很多人赶到治水办的时候还没有吃饭，一边端着饭盒吃着饭，一边参加会议。

为什么会这样？因为这样的会议天天开。会议的核心，是了解从各施工现场赶回来的治水人们的工程落实情况。

他们是人，不是机器人，他们在外奔波一天，劳累一天，需要补充能量、提神，所以才会有这样的场面。如果换一个主题，换一种场合，这样的情况是绝对不可能发生的。

会议桌上还放着一杯杯的清凉饮料，有时是绿豆汤，有时是冬瓜汤，供与会的人消消"火气"。

参加会议的人员来自各个方面，有区领导、有水务局的领导，更多的是一线的治水人，有时施工单位的代表也会参与会议。

　　无论是区长还是局长，他们在会上都很少发言。会上的主角是来自一线的治水人，他们将来自各施工现场的情况和数据拿到会上交流，并探讨下一步的工作。

　　在这里能听到的全部是细节，今天的淤泥挖了多少、施工中遇到了什么样的问题、群众的反应、设备的安装和调试……

　　事情繁多，还要逐一排查原因，要问为什么，更要问怎么办。

　　会议的进度非常缓慢，是典型的马拉松会议。每天的内容既相似又有所区别，领导们总是在这里静静地坐着，不轻易打断他们的发言，生怕他们遗漏任何一个小细节。

　　不知不觉中，我也倒在沙发上睡着了，等我迷迷糊糊地跟着此起彼伏又音色各异的闹铃醒过来时，黄征已经回来了。可还没有步入会议室前，我就能预感到这次采访又会再次失败。

　　果然，他又正襟危坐地开始在那里读他的工作总结了。而我也只能咬着后槽牙，一边拿起笔疯狂地做起"文抄工"，一边生着闷气而毫无办法。

　　"哈哈哈！别生气了。他们就是这样。干活他们没话说，但让他们讲，很多人都不愿意的。"

　　半年后，当第二次坐在刘铭面前时，我忍不住开始"投诉"黄征。

　　爽朗的笑声中，刘铭开始给我"补偿"了。

　　"我给你提供两个小故事。他不说，我说。"

　　尽管上一次的项目早已完结，尽管我知道刘铭接下来讲的故事可能跟海珠湖项目并没有很直接的关系，但此时此刻，我并不在乎能不能写进报告里，而只是单纯地想听故事，想走进像黄征这样的寡语者的内心。我看着刘铭，等待着他的讲述。他还是跟第一次一样身着便装和运动鞋，坐在办公室的沙发上，一边倒着茶一边诉说着别人的故事，眼角还时不时泛着泪光。

"别看他不说话，可他是一个非常念家的人。"来了来了，刘铭又开始讲述别人的故事。

世界上的事情总是那样的矛盾。人们常常说，这世界没了谁都照样转。但有时也会说，少了谁还真的是不行。越是到关键的时候越是这样，真是一个都不能少。

可是事情哪有那样顺遂，回望海珠大治水的那些日日夜夜，治水人玩命般地顶在最前线，而他们的身后总是留出一大片的空白——家庭，家里面的事情治水人实在是无力、无暇顾及了。就是在这样的情况下，发生了一件又一件意想不到的事情。

在治水人的心中，最难面对的或许不是媒体，更不是领导，而是家里出现问题后，亲人投来疑惑的眼光和不满的情绪。

那天夜里，河涌管理所的例行会议中，黄征的手机响了起来，但他的反应和平常不大一样。

他分管好几个工程标段，每天要来回于不同的工地之间。事情多，电话自然也多。手机响起的时候，不管在哪里，他总是第一时间接听。而这次，他离开了座位，走到了门外。

当他再进来的时候，神情有些迷惘，眼神有些涣散，人也没什么精神了。一切都看在项目负责人刘铭的眼中。

……

十一点半，马拉松会议总算是结束了。

会散了，黄征正要离开，刘铭走过去拍了拍他的肩膀。

"刚才怎么了？"

"没什么。"

"是不是家里有什么事情？如果是公事，你在会上也会说的。接了电话就没精神了，一定有事。说出来，我帮你想想办法，看看有什么需要我们帮忙的？"

"真没事，谢谢领导！我先回去了。"

"是不是太太有意见了？"

黄征愣了一下，苦笑着说："是有点。"

黄征从事水务工作已经有很多个年头了，算是老资格的治水人。其实他不算老，今年也就是30多岁。他年轻的时候总是忙着工作，没时间谈恋爱，这两年才结的婚。他是地道的广州本地人，原本是个白白净净的胖小伙。但在海珠大治水期间，他奔波于各个工地，皮肤从白变黑、从黑到脱皮，声音也从洪亮变成了嘶哑。早出晚归，已经成为他这段时间的习惯，也成了他的标签。

开会那晚的前一晚，黄征回到家里，刚刚坐下，就接到工地打来的电话，又开着车赶了出去。

女人的情感比较细腻，对于丈夫的早出晚归，以及常常深夜外出，她们的心里总会觉得不安，这也是人之常情。

许多事情，不是亲身经历过，不知道其中的辛苦所在。特别是对于黄征这样，夫妻双方的工作单位、工作岗位和工作强度都不一样，要对方理解是有一定难度的。

将近一年的时间，黄征在家的时间特别少，到了家又经常被电话叫出去。妻子感觉到孤独、压抑、不安和莫名的愤怒，常常会发出"你真的是那么忙吗"之类的感叹。

面对妻子的质问和"查岗"，黄征表现出的不是尴尬、不是无奈，而是深深的歉意和愧疚。他又何尝不想多回家陪陪妻子啊！

"把电话给我，我和她说几句。"

"啊，不用了，真不用了，麻烦您不好意思的。"

"不怕，我说几句，帮你解释一下。"

"真不用了。"

"没关系，给我吧，这点事情我能做，也应该做。"

……

2010年3月8日，国际劳动妇女节。这天是妇女的节日，刘铭也忙个不停。他招呼了一大帮的客人。这些客人，是各位治水人的妻子，是治水人的太太团。

刘铭逐一地向她们敬酒，逐一向她们介绍她们先生的治水任务和工作情况，逐一感谢她们的默默支持，逐一地致歉，因为这种情况还要持续到大治水结束……

说着说着，大家的眼中都泛着泪光。

"别生气了。你看，小故事这不就来了吗？"刘铭边倒茶边笑着说。

（根据受访人意愿，文中使用化名）

真情无悔

"其实你不要怪下面的人。有些事他们不方便讲，但我就不怕。"刘铭收起了笑容，眼里透着真诚。

我当然明白。我想到了很多，在社会上有许多的"明"规则，比如说功劳让给上级，比如说为尊者讳。

就在我沉默了几秒之后，刘铭马上打断了我的胡思乱想："不，不是你想的那样。"

"因为那时刚刚出了一件事。下面的人不能说也不好说什么，于是他干脆就不说。"

"哦。"这个答案出乎意料，我静静地等待着下文。

刘铭的身体不再靠着沙发背，而向着我的方向前倾了不少，说话也吞吞吐吐，还时不时陷入长时间的停顿。

看到他如此调整和控制自己的情绪，跟之前那个爽朗的刘铭已经完全不是一个人。他连习惯性的倒茶动作都停止了，而是同事倒茶。我不敢催他，更不敢追问。不为别的，就怕我仓促开口，他的心里话又会憋回肚子里。

这时，我对刘铭有了更多了解。在我眼里，他就是一个万能人，哪里都少不了他的身影。生物岛、"小蛮腰"，各村的治水拆迁以及海珠湖的征地，一项又一项的难题都没有难住他。

"你看过那条偷排淤泥的新闻吗？"刘铭又回到了往日的状态。

"我没看，但听说过。"我说的也是实话。

现代社会资讯发达，信息非常透明，政府的行政部门在行使行政职能、运用行政权力时会受到各方的监督。这其中有行政监督、法律监督，更多的则是来自社会的监督。媒体在社会监督中发挥着巨大的作用。许多事件的线索均是由敏感的媒体捕捉到的。这件事情也不例外。

2010年4月，媒体连续多日"曝光"开底运淤船在珠江中打开船底偷排淤泥的事件。报道篇幅巨大，图片资料充实，似乎偷排已经是板上钉钉的事情了。事件见诸报端之后，媒体与民众的焦点集中在为什么使用明令禁止的开底船上。他们对于海珠治水人作出的解释提出了一个又一个的疑问。

众所周知，治水是一个庞大的工程体系，在其中，水安全是第一位的。治水的一切都围绕此进行。清除河涌底部沉积多年的淤泥，增加汛期河涌水流的通畅度，是河涌防洪工作的重点之一。区内各条大大小小的河涌已经多年没有系统地清淤了。巨大的清淤工作量对治水工程来说，是一个巨大的挑战。

清淤工程被分为很多个大大小小的标段，然后通过招投标的方式选择施工单位。河涌中的淤泥被挖起后，按照规定必须运输到指定的淤泥处理中心——峨眉沙岛统一处理。在那里有先进的设备将淤泥无害处理并固化。

运送的方式大致分为两种：陆运和水运。

陆运，将淤泥挖起放入泥头车中，再将淤泥拉到处理中心附近，再通过驳船运往目的地。而水运，就是用淤泥船将淤泥直接送往处理中心。

在河涌里，水运有着明显的优势。船只的载重量比泥头车要大得多，而且清淤工作本身就是在河中作业，淤泥挖起放入船中，整个过程方便顺畅。

　　但每一条河涌的宽窄不一，大的淤泥船吃水深，体积大，不能进入河涌内部。清淤时就像是进行接力比赛一样，钩机将淤泥挖起，放入小的淤泥船中，小船拉到转运点，将淤泥转上大船，再由大船送到处理中心。

　　问题就出在淤泥如何从小船转到大船上。理想的做法当然是在大船上安装泵机，利用泵机旋转时产生的吸力将小船上的淤泥通过管道吸入大船中。位于峨眉沙岛的处理中心，就是使用这样的技术来吸取船上的淤泥。但是要购买、安装这样的设备，费用相当昂贵，而且还存在一定的技术问题，把淤泥从河涌底部挖起，挖出来的不仅仅是淤泥，还有各种各样的垃圾。垃圾袋、饭盒……随便一样，都能令机器罢工。起初，海珠治水人也想方设法地试图推广这种技术，但是在试验时，吸盘总是被各种垃圾卡住，不能正常工作。在处理中心，另外配有专业的设备和专门的工作人员来处理相关问题。但如果在每一条淤泥船上都安装设备和配置人员，几乎就是不可能完成的任务。

　　淤泥那么多！工程进度那么紧！运输的船只数量又非常有限。当然小的淤泥船也可以直接把淤泥拉到处理中心。但是小的淤泥船载重量小，往返跋涉耗费的时间太多了，这样工作效率很低。先进的方法看来在船上是行不通了，施工人员只能试着寻找其他的可行办法。他们想到了一个方法，就是用开底的小船在河涌里装载淤泥，载满后船开到河涌与珠江汇合处附近指定地点，打开船底，使船上的淤泥落入水中，每一条河涌的淤泥都相对集中地落在几个相应的地点。在那里事先安排好机器，不断地将落下的淤泥一勺一勺地挖起放入大的淤泥船中。大的淤泥船只需要往返于指定地点和处理中心之间。

　　这是一个好办法，淤泥的运输可以说是无缝对接了。比起小船直接运到处理中心，无论是效率上还是成本的节约方面，都提高了很多。果不其然，在所有的河涌如法炮制之后，清淤工程的进度大大加快了。提前完成已经不再是问题，只不过是能提前一个月还是两个月而已。

可这也是一个"坏"主意。问题就是出在开底船上。在以往的清淤工程当中，当时的管理制度并不像如今这样完善。开底船在运输淤泥时常常会出现问题。

昔日淤泥被装上船后，业主方就按装载了多少方的淤泥来计算应该支付的费用，运泥船还需要将淤泥运送到指定的地点。一些不良的商人在这里做了手脚。反正都是按装载的多少来计算费用的，走到半路时，把开底船的底部打开，偷排淤泥。这样做，可以节省后半截路段的油费及运输费用，还有到达目的地之后的卸货费用。后半截的钱，就直接落入了这些奸商的口袋里。这就是所谓的"淤泥偷排"事件的起因。

社会在不断的发展中进步着，如今的法律法规比起当年已经完善得多。现在的淤泥运输，都是按送到处理中心的方数来计算费用的，这从根源上就杜绝了淤泥偷排现象。水务部门也规定了不允许使用开底船运输淤泥。

仔细分析后可以看出，此规定的目的是防止淤泥在河中再次"安家"，从而确保淤泥全部送到处理中心。开底船本身并没有罪过，只是某些人别有用心地故意滥用它的功能而已。而在治水当中，施工人员只是把它作为一种临时的运输工具，等清淤工程完成了，在集合点就不会再有淤泥了。就像是在工地上卸沙子一样，沙子从车上卸下，再拉到需要的地方，大楼立起来了，沙子也就不见了。

可是群众跟踪爆料和媒体持续报道，让他们始料不及。那些天，媒体和治水人基本上是各说各话，谁也别想说服谁。更糟的是，市政府下令停工整改，这一停就是整整一个月。

这是时代的进步。群众的参与、媒体的监督，从各个角度发挥着重要作用，保证政府行政的公平性和有效性。

可是，对于治水人而言，这是灾难。灾难本身带来的记过或处分都不是最要紧的，要紧的是对团体的士气、凝聚力、创造力的打击。正值治水的冲刺阶段，如果人心散了，队伍就不好带了，气可鼓而不可泄！所有人都在急盼"最后掉落的那一只靴子"，这样他们才好重新出发。

答案终于来了，就在刘铭的手里。

"已经凌晨一点半了，就在这个房间，我就坐在这张凳上，手上就拿着处分通知。"说着说着，刘铭的声音颤抖了，但他还在控制着。

突然，门开了，秘书带着两位责任人进来了。大家在会议桌旁坐下。大伙儿已经共事很长一段时间，特别是大治水以来，天天都在一起。

可是，那天晚上，大家的嘴巴似乎用胶水粘住了，谁也不开口说话。最后还是刘铭先打破了沉默，家长里短的，什么都聊就是不往正题上说，想先缓解一下紧张的气氛。但那晚的他就像换了一个人，说起话来总是结结巴巴，时断时续。过了很久，他还是开不了口，入不了题。

两位责任人早就预料到结果，看到刘铭总是在绕来绕去的，他们的心里也不落忍。

"领导，我们早就做好思想准备了。早点完成手续，我们也好做下一步的工作啊。"

刘铭也知道绕不过，把纪委的同志请了出来，宣读了处分决定。递处分决定的时候，双方六目相对，彼此眼睛都红了，都湿润了。两位责任人拿过处分决定后，再也没有看一眼，说："领导，我们来谈下一步的工作吧。"

这种话没有宽广的胸怀、没有高度的责任心是说不出来的。两位责任人早将荣辱置之度外，在他们的眼中只有未完成的事业。乌云散去，阳光重现，大家谈到很晚才散去。

会后第三天，报纸上刊登了停工整改一个月的清淤工程即将重新开工的消息。这次，治水人调整了策略，增加了投入，放弃使用开底船，改成陆运与水运相结合的办法，提高运输能力。终于在之前确定的时间节点前，完成了清淤工程。

"那天，他后来也哭了，他只是不想在你面前说而已了。"刘铭同事送我们走出区政府时，悄悄地说。我点了点头，都明白的。

对于大治水这样体量的报告文学作品来说，是需要一个完整的团体完成的。创作组在启动后，会根据各人的特长进行分工。这种分工，不光是你写海珠湖我写将军涌，也是各人在整体作品的定位。毫无疑问，对于那些妙笔生花的大师们，他们的参与本身就给作品带来极大的价值。这是很正常的，总有人负责貌美如花，也必须有人做笨功夫。那年夏天，最初那十多个人集体出动，可谓声势浩大。渐渐地，做专题采访的队伍从六人最后变成仅仅两人。随遇而安，并不是一个很理想的状态，但我也乐于接受，既然我无法控制结果，那就积极投入，享受过程吧。

再次见刘铭时，是一个忐忑的时刻。我们一批作者将写好的稿子组合在一起，交给区文联，他们又将稿子交到刘铭的手中。区文联约的时间是下午三点，焦虑的我害怕迟到，两点半就到了区政府门口，总是担心我那笨拙的文字无法表达他们的故事。

"写得很好！就是写我写得太多了。"一步入刘铭的办公室，他就健步走了过来，伸出手，跟我紧紧地握在了一起。那是跟此前见面握手完全不一样的感觉，他很用力，不但让我有疼痛感，也让我能感觉到他手掌的粗糙。

"应该的。您付出太多了，而且所有的故事离开了您都不成立了。"我笑着回复他，手并没有松开。

"但还是太多了。一定要多写基层的同事们。他们在第一线，最辛苦，压力也最大。"刘铭的手松开了，热情地请我们坐下。

我笑了笑。道理我懂，但是基层的同志们都不大愿意说，我也是巧妇难为无米之炊。

"党的事业不是某个人能独立完成的，要突出集体，不要突出我个人。"宾主分别落座后，刘铭说出了他的意见。

"别急，我知道你要故事。我们慢慢聊，我随时都可以补充给你。"刘铭大概是看到了我的神情不大对，又给我做了解释工作。

随后，我们开始就稿件的修改进行了沟通。刘铭讲得很细，看来那十万字的初稿他肯定前后看过多次。说着说着，刘铭从开始的乐呵呵讲故事，慢慢变得严肃，终于在"处分"的那段稿子那里停住了。他双眼通红，不停地用大手从纸盒里抽出纸巾擦拭眼角。我的眼睛也泛红了。

可让我没想到的是，那一次改稿居然是我和刘铭的最后一次见面。不知道为什么，这个项目不久之后终止了。尽管我拿到了应得的稿费，但是心里总是空落落的。刘铭还有他身后一众的海珠治水人，他们的身影总是出现在我的脑海里。就算十多年过去了，哪怕是他们经历世事变迁早已不在当年的位置了，我也永远忘不了他们。我想这才是我参与这个夭折的报告文学项目最大的收获。而他们的那份热情与真情更是让我一生受用。十多年后，如果能再见到刘铭，我一定会再狠狠地握一次他的手，再道一声谢谢！

（根据受访人意愿，文中使用化名）

聚钢成塔

城的嬗变

　　印象中的老广州城很大也很小，而且还是一个城乡分别特别明显的地方。那些年，无论是坐父亲的自行车还是公交车，总觉得目的地是那样遥远。渐渐地长大了，我忽然发现广州似乎也长大了。

　　1987年刚刚搬到淘金的时候，那就是一个城乡结合的地方。在铁路涵洞旁边的小山坡上是一片竹林，那时小朋友们在其中乱跑，忽然我被什么绊了一下摔在地上，回头一看那里赫然立着一个墓碑。我是被墓碑前的瓦罐绊倒的。它已经倒下并被我踢破了，而我早就屁滚尿流地跑了，从此再也不敢上那撒野。在路的尽头还有一个涵洞，过了之后就是一排铁皮屋，再往后就是一条蜿蜒上山的路。听说那是一条的士司机晚上都不敢开的路。那年中秋，我们几个熊孩子提着灯笼硬着头皮试着沿那条路往上走。一路上黑漆漆的，连个路灯都没有。小心翼翼地走了很久，过了坡顶再转下坡路，隐隐约约地看到前面有一个方方正正的大门，里面亮着白色灯光。可我们还未走近就作鸟兽散了，因为那牌子上写着"广州市殡仪馆"几个大字。那时还在广州市少年围棋队的我，经常被父亲带着去跟各路棋友下棋，试图增加我的实战经验。其中有一次就要通过刚才所说的那条路。坐在父亲自行车尾的我，愣是没敢睁眼。等再睁开眼时，已经到了广州动物园的正门。那时的沙河村路边都是笔直的参天大树，树荫几乎遮盖了全部的路面，这种感觉跟在盘福路的感觉截然不同。

　　那时的东风路与现在完全不一样，跟环市路很像。两旁都是笔直的大树，坡度比起现在似乎还更陡一些。而环市路上则铺上了沥青，哪怕是大车飞驰而过也没什么声响，但那也是有"陷阱"的。那年放学，我从现在已经被拆除的行人天桥上走下来，正午暴晒下沥青路面变得软软黏黏，我试图在上面行走，没走两步鞋子就被粘住了，费了好大劲才拔下来。妥妥熊孩子一名。

转到芳草街小学后，我拥有了第一辆属于自己的单车，自然也有了更大的活动范围。同学晓鹏搬了新家，我随着他骑车来到六运小区。关于朋友家里的细节的记忆都模糊了，印象最深的是站在他家楼下的情景。一栋栋整齐排列的新房子，全新而平整的水泥地面，转弯处已经蒙上一层厚厚尘土且光秃秃的花圈，到处可见的建筑垃圾，以及空气中无处不在的粉尘味道，还有那无遮无挡的晴空烈日。最难忘的是，我仅仅上了同学家十分钟，下楼发现崭新的单车没了，只剩下一条被剪断的铁链孤零零地留在那里。从此以后，我就与二手单车为伴了。

再大一点后，父亲所在的省电子研究所搬到了石牌的华师大侧门。或许是被我们这帮熊孩子祸害怕了，所里之后再也没有让我们进去了。暑假的一天，我那肝火旺盛的父亲从所里往家里打了一个电话，说遗漏了一份文件，让我赶快骑单车从家里给他送过去。我赶紧把父亲放在柜子里的广州地图翻出来，寻找华南师范大学的位置。不远，不难找，沿着环市东路一直往前到岗顶就到了。很快我就背上包，冲了出去。环市路还好，毕竟有绿荫遮头，但是过了天河体育中心，就没有一点绿色，到处都是工地，所有的十字路口几乎都一模一样。刚才还在家里信心满满的傻小子，如今蔫不拉几地到处找警察叔叔打听华师大的方向。结果迟到的我，免不了挨上一顿臭骂。那应该是1991年或1992年，因为我父亲没过多久就离开了研究所。

那些年随着单车轮子的滚动，我看到了更多的变化。殡仪馆的迁址，东风路的扩建，内环路的拔地而起，中山路开膛破肚般的广州地铁一号线施工，海珠区味精厂、纸厂、硫酸厂的整体搬家，太平洋电脑城的强势崛起，猎德、棠下、车陂还有珠江新城高速发展……广州以前所未有的速度快速更新，而且还在不知不觉中继续提速。

城市的快速变迁，让人目不暇接，同一个地方过段时间就会大变样。这种感觉在2012年我接到编撰关于城市建设的书籍任务时更为深刻。相关部门已经从各区建设系统中征集了大量的稿件，需要有人将来自四面八方的稿子汇成一部作品集。这个工作就落在了我的身上。各区的稿子各有特色，从北到南，从一线工作人员撰稿到居民投稿，内容涵盖BRT、空港建设、城市治水、拆违扩路、地铁施工等一系列重点项目。我在很短的时间内就对当时广州的城建有了大概了解。我从一大堆的稿件中，看到瑶台村的拆违治水成功的稿件，倍感亲切。还记得小时候，只要下雨，省电子研究所门前的黄泥路必定积水。放眼望去，路面上都是水，两边的商铺都在门口堵上沙包防止脏水灌入。水将路面全盖住了，行人需要踩在碎砖上一步一跳地行走。浑黄的水在某些犄角旮旯的地方还形成漩涡，可水位一点都不会降。黄泥地非常软，如果是直接开研究所那部能坐40多人的大巴根本无法过去，全靠铺在地上的大钢板才能通行。水位上来了，看不见钢板的位置，为了避免钢板的尖角扎破轮胎，哪怕是下大雨，也总是要人下车站在水中指挥。那时我还小，不用下车，于是就趴在大巴的前挡风玻璃上，在雨刮拨动的间隙观察车下地面的情况。童年的记忆虽模糊，但难以忘却。20多年后，手上突然拿到一篇瑶台已经解决积水问题的文章，亲切和感动油然而生。

稿子刚刚收集好，我就接到了新的指示，广州塔以及负责建设大学城过江隧道的两家重点企业还没有提供稿件，需要派人采写。对此，我非常亢奋，从未想过能够有机会采访到这样的宏大工程。说来也惭愧，此时广州塔已经正式营业一年多了，我还没有上去过。站在售票大厅等着对方派来的两位总工的我，环视四周，看着绕着弯的排队人龙，还有大厅里那无数的显示屏，忽然觉得自己跟时代的脱节不止一点两点。感慨中，两位总工联系上了我。尽管我在资料中就已经知道广州塔的高速电梯会让人产生类似飞机突破云层时引起的耳鸣，但是真实感受远比纸面信息来得更强烈。

两位总工带着我来到广州塔的观景平台。往下看，珠江、广州大桥，还有对面的珠江新城和五羊新城一览无余。女孩子们拿着自拍杆踩着观景平台的透明玻璃尽情自拍。恐高的我可没有这个胆量。眼前风光很美，但我更想知道广州塔建造的故事，哪怕只是知识点也够我受用了。我跟随两位总工来到办公室。他们向我推荐了广州塔项目的负责人黄总，但是他刚刚调到别的单位去了。两位总工非常热心地帮我约到了黄总。告别后，我站在俗称小蛮腰的广州塔脚下，仰着头看着那扭着身体、高耸入云的塔身，此情此景之中，人又是何其渺小。

再次见到两位总工是在位于仓边路的集团总部，还有他们提到的黄总，以及20多人的广州塔核心团队成员，都齐聚在办公室里。几条长沙发上都坐满了人，这是我最想看到的场面。果然接下来印证了我的预感，黄总开了个头，大家你说完我补充，这位说错那位纠正，大伙儿说个不亦乐乎。对我而言，之前做的准备工作没白费，那些从纪录片和研究论文中找到的星星点点，成为引出他们言语的引子。他们讲得太零碎了，但我喜欢，因为他们的一言一句都能帮助我复原当时的场景。

钢结构加工厂中厚度为5厘米的特种钢板正被卷成上窄下宽的圆锥

管。巨大的厂房中布满了各种设备，有的将钢板卷曲成型，有的切割着钢管，另一边则进行着焊接等工序，长达11米、重达25吨的广州塔节点，就在这里紧张有序地制造着。

广州塔由混凝土核心筒、外围24根巨柱、46条环梁、斜撑、天线桅杆等主要部分组成。其中这些巨柱又是由1143个节点组合而成。广州塔采用渐变式设计，以其扭、偏、细、高的特点闻名于世，宛如一位风姿绰约的少女在江边眺望，其美让人赞叹。

建筑人最大的挑战就是将设计师的奇思妙想化作现实。扭转的腰身带来了美丽的曲线，也造成了巨大的困难。它使得1143个节点各不相同，各楼层的面积、形状也相差甚远，所以每一个立柱、环梁和斜撑都是量身定做、独一无二的，总共需要将超过6万吨的钢材打造成形形色色的特殊构件。这并不是大工业时代的标准化生产，而更像是精细加工、手工组装的艺术精品。只不过这件艺术品实在是太巨大了。

这件巨型艺术品由广州新电视塔建设有限公司负责"制造"。广州塔是在广州市政府支持下的企业投资行为，自2004年3月项目正式启动，到2010年9月29日开业，广州塔团队用了6年6个月的时间建造了广州的新地标。

2004年，建设广州塔的核心团队正式成立。他们从项目立项管起，落实拆迁、设计、报建、环保、消防性能化评估、招标、施工、机电安装……

6年6个月，广州塔团队要完成多少工作？怎一个忙字了得！幸好这里有世界上顶尖的工程设备，如自爬升的澳大利亚制造的法兰克900D型塔式起吊机、三一重工的运送速度超越汽车时速的混凝土泵等，至关重要的是这里有团结、进取、务实、担当的广州塔团队。建塔千头万绪，一环紧扣一环，建筑设计、施工单位、工程材料……任何一环都不能出现丝毫差错。迎接他们的是一个又一个的难关。

重点建设项目的环保、安全、质量、经济，一项也不能放松。随着国家环保法律法规日益完善以及市民环保意识的不断增强，摆在广州塔团队面前的第一道关卡就是如何通过国家环保总局的环评。当时的广州塔仍是纸上设计，对其电磁辐射的评估采用的是科学模型方式。广州塔身处闹市、比邻居民区，其作用是观光旅游和发射电视电台广播信号。近在咫尺，辐射几何？这成为广州塔团队和周边市民的心结。到底科学模型与现实生活能不能百分百吻合呢？谁也不敢说。无论是市民还是国家环保总局都在高度关注着。

广州塔团队派出专业技术人员驻扎北京全力为环保总局提供各方面的数据。纸上数据总觉得还是虚的，心里不踏实，他们决定另辟蹊径——实地考察、实地检测。国内与广州塔功能类似的塔还有很多，如上海的东方明珠塔、天津的天津塔等。广州塔团队将眼光放在与广州塔信号发射方式、发射设备大体相同的天津塔上，于是考察组出发了。经过深入的交流后，考察组得到了天津环保监测部门以及天津塔的大力支持。监测部门的工作人员携带相关检测设备，在天津塔开放平台以及周边地区实地测量电磁辐射水平。考察组全程在旁陪伴记录相关数据。他们太需要实测数据来验证科学模型的可靠性。

若干天后，天津市环境监测所提供了测量结果分析报告，结论是天津塔开放平台及周边地区的电磁辐射水平均没有超出国家标准。广州塔作为后建项目，吸取大量的前人经验，采取了更多的防护措施，在发射条件相同的情况下辐射水平理所当然会更低。这无疑给广州塔团队和国家环保总局打了一针强心剂。通过一系列艰苦卓绝的工作，广州塔的环评得以顺利通过。

兵马未动，粮草先行，钢材来源至关重要。广州塔钢构件供应商的招投标正激烈地进行着。质量水平孰高孰低口说无凭，样品见分晓。广州塔团队将有代表性的钢节点进行编号抽签，参加竞标的单位必须根据抽签结果制造一个与之对应的钢节点方可参加竞标。不同的钢节点在工艺、用料上会有所不同。一个钢节点少则花费七八十万，多则上百万，一方面高昂的竞标成本排除了部分实力不足的企业，确保了参与竞标企业的实力。而另一方面通过专家对钢节点质量的评估，确立了实打实的质量规范与标准，真可谓一箭双雕。最后突出重围中标的三家企业，其样品质量均受到专家的认可。签约后没多久，三家企业都收到了来自广州新电视塔建设有限公司的材料预付款，金额达到其购买钢材资金需要量的一半。

时值2005年，北京奥运会建设正值高峰，新一轮的房地产开发方兴未艾。如果把眼光再放长远一点，上海世博会、广州亚运会、深圳大运会也即将到来。钢材作为主要建筑材料之一，价格估计会芝麻开花节节高。在此判断下，在上级主管领导部门的支持下，他们毅然决然地采用了通用的钢铁期货做法，一次性支付一半的购买钢材费用，让钢结构加工厂把钢材定下来。按照期货的规则，收到资金后，钢铁厂会将钢水铸成钢锭，等另一半的费用到位后就会按照要求压制成钢板交货。广州塔团队在极短的时间内锁定了建设所需的全部钢材，从根本上锁死钢材价格。这不仅仅需要有胆识和魄力，更需要有趋势判断能力。钢材市场价格经常波动，20世纪90年代的钢材价格大幅下滑至今让人记忆犹新。建设初期就定下全部钢材的价格，似乎有点不可思议，但此后钢材价格从每吨5800元左右一路攀升到近9000元，无疑印证了这个决定的英明。正当其他单位为此苦恼纷纷申请追加经费时，广州塔自始至终稳坐钓鱼台，从未调整过钢材的价格，仅此一项就节省了2亿元资金。或许对于如此庞大复杂的广州塔而言，2亿元并不算什么，但是广州塔团队这种科学研判、敢于担当的精神实在难能可贵。

食材有了，还要进行刀功处理，才能进一步烩制出美味佳肴。万里长征第一步，后面的事情还有很多。与广州塔同期的重点工程项目有很多，其中最大、最重要的莫过于鸟巢了。鸟巢的钢结构加工单位与广州塔是同一家。这是好事，加工单位能向奥运重点建设项目供应钢结构，其产品质量、加工能力、加工工艺无疑是优秀的。但也是坏事，奥运在前，工期更紧、任务更重，会不会因为要保奥运而缓广州塔呢？一切都是未知数。为了确保广州塔的建设进度，防止出现停工待料的现象，广州塔团队派出工程师前往工厂驻点办公，负责协调督促进度。驻点不稀奇，北京奥组委在厂里也有工作组，他们采用的是重点时间段驻点。而广州塔采用的是长驻，一驻就是3年，直至主体工程结束。他们特请退休返聘的刘宗忠工程师驻厂。工厂远在江苏，刘工只能每两个月回广州休养两三天以享天伦之乐，在此期间还需要临时抽调工程师驻厂督促。

驻厂工作复杂而紧张，节点加工工艺十分复杂，单个节点的生产周期长达20余天。每一个焊接点都要进行超声波检查，以测定是否存在缺陷，在厂区内设置预拼装区，以测试不同的节点之间是否能够顺利接合……这1143个节点实行最为严格也最为耗时的全数检验，只为万无一失。除此以外，驻场工程师们还要监督制造计划，要厂方按照拼装的先后顺序依次生产相应的节点，否则生产了也暂时用不上，还要参与制定运输计划，确保将正确的节点在指定的时间运达广州。每天周而复始，日复一日，年复一年。广州塔团队每月都要亲临钢结构加工单位一到两次，落实确保生产进度。他们从不事先通知，到了厂门口才打电话。

广州塔腰身因细而美，腰要细但不能软，强度一定要够。根据建筑学的原理，腰身每缩小一米，就要用数以千吨计的特种钢材补充强度。这种钢材被广泛应用于军事领域，由另外的一家钢厂提供。这家厂原是军工厂，为了能确保按时供货，广州塔团队多次飞往钢厂亲自协调。节点做好了，要及时送到广州塔施工现场进行拼装。2006年8月第一个节点到达现场进行安装，此后节点源源不断地运到工地。广州是港口城市，浙江也靠海，用船运是最经济的方式，但也是最慢的方式。因为船运不可能一次只运一个，一定是大批集中运输，停工待料不可避免。于是广州塔团队选择了陆路运输，将逐个节点运到广州。于是在江苏、浙江、福建、江西前往广州的高速公路上，常常会见到这样的奇景：一辆挂着奥运会特种运输车牌的重型货车拉着节点南下广州。很多人不理解，广州没有奥运项目啊，怎么会有奥运专用车南下呢？难怪广州塔团队说他们沾了北京奥运会的福气。

钢节点是个庞然大物，运送车辆更是，是典型的"三超"车辆（超高、超宽、超重）。一条车道不够走，要占两条车道，受到交通管理部门的严格管理，某些路段不能走，某些时间段不能走，协调工作极为复杂频繁。一天传来消息，运输车在江西省境内被拦截下来不让走了。一下子，大家都急坏了。广州塔团队急忙向上级汇报情况，并请广州市政府出面协调，一方面立即派人前往江西沟通。在市政府发文请江西省政府放行后，他们立即派人连夜飞抵江西协调通行事宜。一场危机才得以化解。

广州塔的建造过程非常复杂，混凝土核心筒与24根巨柱一同成长，一层一层地建造拼接。高空作业、立体作业，安全问题是重中之重。钢节点的拼接先用塔吊将节点吊到接合点上空，工人师傅钻入被接合的钢管当中，节点下降、合拢，工人身在其中将托座就位固定。远方的测量人员通过仪器测量，确定完全吻合后立即发出焊接指令，工人在钢管内部和外部分别完成焊接。之后要在结合面上漆，工人需要站在脚手架上完成打磨、上漆等工序，脚手架上面就是空荡荡的一片。当一圈节点拼接完成后，立即进行混凝土浇筑。一环紧扣一环，不能有任何差错。否则工人安全无法保证，广州塔的结构也会受到极大影响。哪怕是一个螺丝帽从500米处的高空坠落，也能砸穿钢板。安全工作马虎不得，广州塔团队从多个方面来保证施工安全。

首先，要确保工人的身体健康和生命安全。高空作业极其消耗体力，就拿塔吊操作员来说，乘坐电梯到达塔吊后，还要徒手爬上50米的梯子才能到达塔吊的驾驶室。人是铁，饭是钢，广州塔团队免费为工人弟兄提供优质早餐增强营养。钢节点内部空间狭小，焊接的工人要钻入其中，高温无法散去，他们特意为其配备冰袋协助降温。在脚手架上最怕脚底打滑，那可是真正的一失足成千古恨。为了确保不发生意外，他们每年向每一位工人发放两双防滑防臭的解放鞋；高温季节向工人派发防暑降温用品；在宿舍中配备空调、电扇等防暑降温设备……

广州塔越建越高，各层面的脚手架林立，到底稳不稳？广州塔团队时任董事长黄家添决定进行实地考察。核心筒共88层，它的成长速度很快，平均5天就能长高一层。每一层的核心筒扎好钢筋要注入混凝土时，黄家添都要踩着脚手架到现场仔细察看一番。他对同事开玩笑说："我是以身试'法'，我要试试看走在上面到底安不安全。"说着说着，他收起笑容，说道："安全这样的事情，强调了也是没有用的，还不如我自己上去走一走。对施工单位来说也是一种无形的压力。他们会担心如果没有做好，可能会把我这个业主方的董事长摔死。"就是这样，无论是核心筒还是立柱、环梁和斜撑的施工现场，每一个脚手架黄家添都去过，都仔细察看过，他上脚手架的次数不比施工管理人员少。脚手架的可靠性只是第一步，还有更多的工作等着他们。于是他们在塔的中间拉起了防护网，以防高空坠物，还举办了多次的安全教育讲座和多次安全大检查。

高空作业，烈日、狂风、暴雨都会带来安全隐患。进入台风时节，强风甚至会将等待安装的小块钢板刮走。每逢出现危险天气，黄家添不敢大意，不断地开会协调、现场巡查、排除安全隐患、下令停工、疏散员工，等待天气好转。天道酬勤，正是黄家添和他的同事以及全体广州塔建设者的共同努力，确保了广州塔建设的安全。

广州塔的故事还有很多很多，每一个故事都可以写成一本书。消防问题是超高层建筑不可回避的重要问题。它是一个整体性的问题，也是一个超级复杂的问题。考量超高层建设物的消防性能是否达标的一个重要根据就是看是否能通过建筑物消防性能化评估。这是一个专业性的术语，是指根据建设工程使用功能和消防安全要求，运用消防安全工程学原理，采用先进适用的计算分析工具和方法，为建设工程消防设计提供参数、方案，或对建设工程消防设计方案进行综合分析评估，完成相关技术文件的工作过程。

广州塔团队将广州塔设计方案交给评估机构，评估机构根据消防性能要求，对广州塔的设计提出各类具体修改要求。这对设计者而言是一场挑战，因为他必须面对不同的问题作出整体性修改，牵一发而动全身，一处动处处动。改了一次又一次，常常陷入无止境的修改当中，但是他的付出是卓有成效的。他的努力，使得广州塔通过了消防性能化评估，使得广州塔在建设过程中一帆风顺。无论是解决消防问题还是结构问题，广州塔在建设过程中都没有因此而出现结构和外形修改，使得广州塔这件艺术品达到艺术与消防安全的完美和谐统一。其中最大的亮点莫过于调谐阻尼器的创新使用。调谐阻尼器本身是一个高层建设的抗震装置，与消防并不相关，却和广州塔完美地结合。

"这腰也太细了吧"，这是许多人对广州塔的第一印象。到底安不安全？这个问题早就由广州大学的地震专家周福霖院士和上海同济大学的朱乐东教授测试过了。周福霖院士及其团队对精心制作的广州塔1/50模型进行了模拟7.8级地震的试验，结果证实广州塔经受住了考验，结构没有受到破坏。朱乐东教授及其团队，用时速160公里的相当于14级的风对广州塔的模型进行了测试，模型安然无恙，结论是广州塔能承受自然界里最强的台风。虽然在这样极端的条件下，广州塔都能通过考验，但是强风和地震都会带来巨大的晃动，造成塔内人员的不适。是否能够通过一些装置减少晃动的程度呢？调谐阻尼器就是答案之一。

调谐阻尼器的应用通常是把质量巨大的物体安装在高层建筑物的上部，当建筑物向一边倾斜时，调谐阻尼器利用自身重力将建筑物往相反位置拉，抵消一部分晃动幅度从而增加舒适度。一般的阻尼器有着大、重、占空间、功能单一的缺点。而广州塔的调谐阻尼器设计非常独特，在84楼、85楼的上方有两个巨型的水箱，水箱自重600吨，容量近600吨，加起来就近1200吨。平时作为消防水箱以备不时之需，当台风或地震来临时，巨大的自重可以通过单摆原理减少近50%的摆幅。消防与抗震完美统一，而且省料环保，是全球第一例，开创先河。

与消防息息相关的还有人员疏散问题，广州塔的高层疏散主要依赖于高速可靠的电梯系统。这是广州塔建设过程中最早招标的设备之一，因为电梯部分牵涉到外围供电、电梯产品选取等问题。广州塔的电梯安装在混凝土核心筒内，在狭窄的筒内要提供尽可能大的电梯运输量，特别的轿厢设计和高速运行势在必行。可是各家的品牌电梯，其轿厢设计不尽相同，每秒5米的高速电梯的生产厂家当时内地没有，业内公认具有成熟技术条件的厂家只有2家……一系列的不利条件制约着电梯的招标工作。广州塔的建设人一会儿飞到中国台湾看101大楼的电梯，一会儿又东渡日本分别参观三菱、日立和奥蒂斯的高速电梯工厂。从对厂家的考察、招标规则的制定……直到投标结束，不停奔波。

为了实时监测广州塔的健康情况，在所有的节点中都事先预置好电子感应设备，时刻监测广州塔的位移与变形。这种做法以往只在桥梁中使用过，如中国香港的青马大桥、美国的金门大桥等，还从未引入到高层建筑当中。这套系统能够得到广州塔全面、准确、实时的健康数据，广州塔团队又开了先河。

广州塔作为亚运会开闭幕式的配套区域，是亚运会开闭幕式灯光夜景、烟花表演的重要场地，同时也是亚运会期间安全保卫的重要区域，更是亚运期间接待来宾的重要景点之一。

广州塔上烟花的安置是由为广州塔外涂装施工的公司完成。广州塔团队高度重视，在供电系统、灯光控制系统、灯具系统的关键部位都安排了工程技术人员值班，坚守在第一线。公司总经理梁硕既要做好广州塔的场地灯饰保障，又认真抓好广州塔的贵宾接待细节。副总经理潘汉明认真做好广州塔烟花燃放的安全保障，广州塔上2000多个烟花燃放点，他都一一检查，不放过任何一个安全疑点。副总工程师高刚军全天候守护在广州塔内，认真做好保障工作，确保广州塔的供电系统、灯光控制系统、灯具系统正常完好运转，确保亚运会开闭幕式的灯光夜景、水幕瀑布和烟花表演成功。他们每天沿着步行天梯，逐一检查烟花的发射角度是否正确、烟花喷射时是否会碰撞到节点或者是圈梁。一个一个落实，长长的回旋天梯上洒下了他们数不尽的汗水。从预演、开幕到闭幕式，每一次的烟花安装他们都是一盯到底，发现问题立即纠正。亚运开幕式上那绚烂的烟火，少不了他们的一份辛劳。

十几个人使黄家添原本宽敞的办公室变得拥挤。除了人多以外，更重要的是大家都不想离得太远，几乎就是左膀贴右臂。一是凑热闹，二是图亲近。他们都是典型的理工男，关注的都是一件件的事。

"当初，大家有信心吗？"采访的最后，我抛出了一个问题。回望当初，当选中这个举世无双的设计方案时，有谁能确定最终可否实现呢？黄家添说："人们总是会问，广州塔能不能建起来，到底安不安全？说实在的，其实我们说什么都是没用的。我们用最公开、最公平的方法，选择最好的设计方案、设计单位、施工方案、施工单位、建筑材料，一切都依法依规进行。我们的招标文件都是公开透明的，需要进行修改时都征求所有有竞标意向单位的意见。通过程序的公正、公开，选择公认的最优方案。如果连最优方案都失败了，那就是科学技术水平还不够。但我们相信，只要流程走好了，这样的事情就绝对不会发生。"

　　黄昏中，我们相互道别，相约再见。可惜初稿形成之后，项目因故停止。尽管如此，我并没有觉得有太大的遗憾，因为至少我将他们聚钢成塔的故事中小小的一部分记录了下来。

咫尺天涯

那是2011年年初的一个下午，寒风暂歇，我们一行人来到位于珠江边的民主大楼。那天，正式启动报告文学采写工作。在会议室里，我看到了参与本次集体创作的各位老师。本次项目的采访对象是第16届亚洲运动会运动员村团队，项目组织者希望能将其中发生的故事系统记录下来。当其介绍完相关情况后，根据整体采访内容分成若干主题，由作者各自认领。

"我负责接待运动员部分，这里故事肯定多。"

"我负责安保部分。公安系统我很熟，我写最顺手。"

"领导部分我来写。"

……

我就在椅子上静静地坐着，作为刚刚入行的晚辈，根本就没有挑选主题的优先权和勇气。既来之则安之吧，剩下哪部分就写哪部分就是了。最后，属于我的主题终于剩出来了。跟我想得差不多，各位老师们对后勤保障都不感兴趣，于是也就自然而然地花落我家了。也对，后勤保障都是些"素人"，没领导、没明星，都是流程化作业，就算是勉强有一两个故事可能都是零碎的。老师们不愿意接受也是意料当中的事情。散会时，一位老先生走过来跟我说："后生仔（年轻人），你那部分不好处理。"老人家干瘦干瘦的，但眼神非常敏锐。第一次见面的我一下子不知道应该如何反应，只是微微笑了一笑，没说些什么。我的反应多少有些出乎意料，他也没再说什么了。在多人合作的项目中，由谁负责哪一部分并不是一件容易安排的事情，作者的名气、文风、擅长处理的题材等等诸多因素都是需要深思熟虑的。而从另一个角度看，哪一部分的稿件容易写或许只是一个伪命题，毕竟无论哪一部分都会有各自的难处。既然如此，那我又何必为此烦恼呢，做好采访才能让我避免无米之炊的尴尬境地。

几天后，我们一行人乘车前往位于番禺的亚运城，正式开始我们的采访行程。那时，亚运会以及亚残运会早已落下帷幕，各国的运动员也都已各自返回。此前还熙熙攘攘的运动员村此刻是格外的荒凉，以至于当"村长"跟我们介绍当时的情形时，我总是会出戏，无法将听到的故事与现状相连。那天我们参观了村长院、媒体中心、控制中心、升旗广场、运动员餐厅，也算是有了大概的认识，起码对亚运城的大和复杂已经有了基本的了解。而另外一个收获，则是各部分都确定了联系人，这样可以快速对接。

很快，我的第一个单独参访对象就确定了。她叫唐远静，是番禺富丽中学的数学教师，也是亚运城运动员村团队综合服务部的一位志愿者。

亚运城中的运动员村，是亚运期间人员最密集的区域。高峰期间，村里接待了16000名运动员，有将近20000名工作人员为运动员们提供相应的服务。他们所提供的服务，有各种各样的表现形式。像运动员餐厅、住宿服务等部门是直接为运动员提供服务，也有像物业服务部、运行支持部等是以直接或者间接的形式为运动员服务。在所有的服务当中，有一些服务，自始至终没有与运动员发生过直接的接触，虽然他们不为外人所知，但在团队内部起着巨大的作用，唐远静就是其中的一员。

我们见面的地方不是在亚运城，也不是在唐老师的单位，而是在风马牛不相及的广州南站。唐老师先生姓谭，是广州武警某中队的中队长。谭队长也是运动员村团队中的一员，如今刚刚离开运动员村就加入广州春运的值班行列中。唐老师之所以会选择在广州南站接受我的采访，也是想在采访结束后能跟爱人见上一面。就这样，我们两个人就站在南站大厅的一个很偏僻的角落开始了采访。

"回到学校能适应吗？"

"还行，就是还需要调整一下。我是2010年9月以志愿者的身份加入团队的，毕竟脱离了好几个月。"唐老师没想到我会以这样的方式开始了采访。话，渐渐越说越开了。谭队由于工作的原因，经常要到外地执勤，不执勤的日子也需要在位于钟落潭的武警训练基地执行训练任务。唐老师对此已经习以为常了。恋爱时，经常是唐老师一人坐上两个多小时的车到基地去探望。结婚后，诞生了一个宝贝小女儿，叫琳儿。

准备进入运动员村时琳儿很小，才过了一周岁生日没多久。琳儿自小就和妈妈一起生活。妈妈是老师，产假加上寒暑假，母女俩有八个多月是日夜不离的。刚入村时，唐老师还没有分配工作岗位，主要处于培训阶段。那时，亚组委在番禺区政府旁边安排了交通车接送工作人员进出运动员村，唐老师每天早上必须八点半前赶到集合地点。每天下午五点，从运动员村坐车返回区政府，然后自行回家。当时还可以准时上下班。渐渐地，工作开始繁忙起来，有时也会因为收集数据错过了班车，但大多数时候还是能准时下班的。虽然运动员村所在的石楼镇与唐老师所居住的大石镇距离很远，但对于唐老师来说，每天能回家看到琳儿，那就是最大的快乐。她最开心的事情就是教宝宝叫妈妈，琳儿总是咿咿呀呀地说得不像，小小的腿儿站起来东倒西歪。

随着运动员村开村时间的临近，综合服务部根据村领导的安排，制定了很多的演练计划，其中最主要的就是亚运会开幕式的人员演练。亚运会开幕式期间，需要有六七千的运动员从运动员村出发，乘坐交通车到海心沙岛出席开幕式，之后又坐车返回运动员村。这么多的人，分散在不同的居住区，如何集中、组织交通等细节问题，光靠个人的想象是不可能完美解决的。唯一可行的方法就是通过演练，在实践当中，一步一步地完善计划方案。村领导通过安排在校的学生、番禺区机关单位的干部职工，模拟运动员进村入住，再按时集中、出发，一步步地按照实战的标准来进行演练。演练共进行了十多次，最大规模的一次，参加演练的人数达到了4000多人。在这段时间，唐老师的主要工作，就是收集各部门的相关反馈信息，例如在演练中出现了什么问题，如何改善；缺少什么物资，需要补充多少物资和人力等等；并将所有的反馈意见整理集中，上报给村领导团队，为进一步完善演练方案做基础资料。随着一次又一次的演练，方案日益完善。这时，一件让唐老师喜出望外的事情发生了。原来她先生谭中队长所在的部队，奉命进驻运动员村执行亚运安保任务。这对于唐老师来说，无疑是一个天大的喜讯。

武警指挥部就在综合服务部的楼下，两夫妻的直线距离从来就没这么近过。以前，谭队长奉命到外地执勤，由于保密的原因，只能说出去执行任务，不能说具体地点，夫妻俩分隔两地已经是家常便饭。这次，虽然还是在执行任务，可是这么近，以前真是想都不敢想。这对于她来说，已经觉得很幸福了。谭队的手机总是很难打通，因为他执勤的时候，是不能开手机的。羊城的十月，渐渐地开始有点凉了，日夜的温差开始拉大，时不时就会有一两股弱冷空气南下。这天唐老师很意外地收到丈夫的短信，需要她带一些书和秋衣秋裤给他。到了第二天的傍晚，夫妻俩在铁丝网的两边见面了，这是进入运动员村后的第一次见面。谭队长随后还有执勤任务，时间很急，夫妻俩来不及说话。由于身份权限的问题，谭队长不能出去，唐老师也不能进去，只能隔着铁丝网，对望了一会儿。她拿起包扎好的东西，想抛过去，但铁丝网很高，而且上方还有一个叉口，她身材单薄，气力不大，扔了两次都无法扔过去。谭队长突然想起了什么，赶忙朝她摆摆手，示意不要再扔了。这时唐老师也清醒了。运动员村是安保的重点地区，像她这样的行为，给监控摄像头拍到，可能会被别人误认为是扔炸弹或者是危险品。唐老师一想到这，不由倒吸了一口凉气，还好，还没有造成不良的影响。谭队长还有任务在身，只能先走一步。唐老师找到了一名有权限的学生志愿者，请她帮忙带给谭队长，并捎话：注意身体！

多次的演练之后，终于形成了一套完善的亚运会开幕式运动员的往返计划。这时，唐老师所在的综合服务部也开始分配具体的工作岗位了。综合服务部在业务上共分成三个领域，即VOC/VCC领域、人力资源领域和财务领域。唐老师被分配在VOC/VCC领域。其中在VOC/VCC领域中，又分成VOC、VCC和信息员三大部分。VOC是指运动员村赛时的总值班室。在亚运和亚残运会期间，VOC的电话号码在村内是公开的，由部门经理带领志愿者负责24小时接听电话。如果各部门或者是运动员发现了什么问题、需要什么帮助，都可以通过拨打电话反映，再由VOC协调相关部门进行处理。VCC是指赛时的通信中心，它是一个宏大而复杂的由手台组成的通信中心。手台，就是无线对讲机。在整个运动员村团队中，共有17个部门，分成40个领域。每一个领域的经理、部门领导、特殊岗位都配有手台。这些人平时穿行在运动员村中，当他们发现问题时，就可以通过手台，直接报告到VCC，VCC领域的经理带领志愿者24小时监听手台，不断地记录上报的情况，并协调相关部门解决问题。信息员，则是将所有的记录都集中起来，统一跟踪处理。简单说，就是把运动员村各个团队各个领域的工作情况和工作计划收集起来，形成运动员村团队的整体工作汇报和工作计划上报亚组委。通过亚运会运行系统读取亚组委的相关指示、命令和警示。信息员组由6个人组成，分成3班。

把唐老师分配到信息员组，是综合服务部领导的特殊考虑。领导们了解到唐老师有个小宝宝，在当时的情况下，信息员组不用上夜班，她下班后可以回到家中陪伴孩子。

唐老师对领导的照顾很是感激。想到先生也来了运动员村，虽然不是说想见就见，但毕竟就在附近；晚上可以下班回家，还能见到琳儿，她心里很高兴。

可高兴了不到一星期，事情慢慢地起了变化。离亚运开幕越来越近了，工作越来越多。光是部门负责人的通信录，就让唐老师忙了半个月。通信录看似很容易，但是牵涉的部门和人员众多，每一个部门都有很多的领域，每一个领域又有不同的经理负责，根据人力资源部门给出的组织框架图，通信录要求每一个部门都要有一个总联系人，每一个领域要指定一个联系人。亚运会准备期间，人员的到位有先后，有些部门没有按照人力资源的框架结构，而是按照本部门的情况上报联系人。后来人力资源又对组织框架进行了小范围的改动。通过不断地回访、协调、更新，直到十月底的时候，通信录才算是大功告成。

不知从哪里传来消息，亚运会期间可能会对工作人员实行全封闭管理，不能回家了。这对唐老师来说是个巨大的打击。在唐老师心中，最不愿意就是和小琳儿分离。为此她专门把婆婆从湖南老家接了过来，请她帮忙照顾琳儿。这样，唐老师在上班之余，可以多陪伴琳儿，教她说话，扶她走路。照顾小朋友，是一件多么累人的事情。婆婆已经60多岁了，身体也不是很好。平时，唐老师一回家，婆婆把琳儿交给她就去做饭了。唐老师觉得老人家这样太累了，就想自己来做，可婆婆说："还是我做饭吧，做饭比带小孩轻松多了。"可老人家在带小琳儿时，根本就没有时间出去买菜，甚至连做饭的时间都没有，因为小琳儿刚刚学走路，需要时刻陪伴。平时，唐老师下了班，买好菜带回家，婆婆一次性做好饭菜，放入冰箱中，饿的时候热一热就能吃了。可如果真是不能回家了，这一老一少怎么办啊？

实在是没办法了，在万般无奈之下，只能是让婆婆带小琳儿回老家。毕竟在那里，有公公照顾，丈夫的姐妹也可以帮忙。可唐老师心里是多么的难过。小琳儿回老家了，她在曾经充满了咿咿呀呀、欢声笑语的房间里，看着那张小琳儿曾在上面爬来爬去的床，想起了日夜不分离的八个月，一阵阵心酸涌上心头。小琳儿回家的那天，不停地哭，谁哄都不听。她的哭声一直在唐老师的脑海里回旋，只要一睡着就会梦见哭泣的琳儿。可是唐老师能做的，也就只能是在下班后，多打些电话回老家，打久一些。

运动员开始入村了，运动员村里的工作量越来越大。在亚运会和亚残运会期间，实时更新运动员村内的准确人数，是个不小的工作量。信息员们为了获取准确的数字信息，每天需要电话回访访客中心，核实今天有多少个代表团已经完成了注册，还有多少个代表团没注册。有些代表团人数很多，注册需要花上好几天。所以还需要落实正在注册的有哪些，已经注册了多少，还有多少没有注册。

与此同时，还需要和住宿部联系，统计住宿的人数。每天统计三次，分别是中午十二点、下午四点和晚上十点。运动员宿舍共分为四个区，分别由不同的合同商负责提供服务。数据由住宿部向合同商收集，上报到综合服务部。信息员需要定时进行回访，取得相应的数据。在运动员入村的高峰期间，合同商的精力都放在了为运动员提供相应的服务上了，人手自然就很紧张，上报人数的工作有时也就做得不是很到位。有时会延误了一个小时才上报人数，有时会发错了文件，把上一时段的人数报告当成了现在的人数报告，需要信息员们去跟踪协调，发现不对的地方，立刻要求服务商提供准确的数字。服务商有时也忙不过来，到晚上十一点或者是十二点才提供数字的事情也是时有发生。这时回家，公交没了，地铁停了，只能是在部里拉开一张折叠床休息。

随着任务的不断增加，再加上领导也担心如果晚上有什么突发事件，要通过运行系统上报亚组委，如果信息员不在场，别人对系统不熟悉，就会有所耽误，通过沟通，信息员的上班时间改为24小时值班，每天下午三点交班。虽然不像原来听说的那样要封村，但一值班就是24小时。唐老师最庆幸的就是已经把小琳儿送回老家了，这就没有后顾之忧了。

每天最幸福的事情，莫过于能和琳儿通电话了，听着电话那头琳儿的吐字发音越来越清楚准确了，唐老师很兴奋，猜想应该很快就会叫妈妈了。可是，过了十来天，琳儿能叫"爸爸"了；又过了几天，"爷爷""奶奶""姑姑""姐姐"都会叫了，唯独不会叫"妈妈"。

她很失望，在电话里逗琳儿："来，叫妈妈。"

"姐姐。"琳儿叫了起来，她的奶奶连忙在旁边纠正说："叫姐姐不对，叫妈妈。"可惜琳儿怎么叫也叫不出来。唐老师不禁一阵的心酸。接着的几天，很奇怪，打电话总是说琳儿在睡觉，没让琳儿接电话。当时也没多想。又过了几天，再次打电话回家的时候，听到琳儿叫妈妈，唐老师激动不已。这时婆婆才告诉她，原来，十月底的湖南已经开始变冷了，小琳儿对于一切都很陌生，开始的时候很抗拒，不肯加衣服，于是就着凉拉肚子，有点发烧。到了医院，医生怕会引起肺炎，给琳儿打吊针消炎。琳儿怕痛不愿意打，打哪里都不行，最后只好给她吃一点药，半睡半醒的状态下，在头皮上扎针。药效过去了，琳儿放声哭泣，突然之间喊了一声："妈妈！"

这就是琳儿的第一声"妈妈"。

电话这头的唐老师，眼泪止不住地流。电话那头的婆婆安慰说："我们也是怕你们担心，放心，琳儿有我们照顾，你们就好好安心工作吧。"

离亚运会开幕的日子越来越近了，工作量也是成倍地增加。这时的唐老师，也从刚刚开始时的手忙脚乱状态，渐渐变得有条不紊。可是，工作量是摆在那里的。比如说有人通过VCC汇报有一个运动员腹泻了，信息员在得知这条记录后，就要马上开始跟踪处理。每隔一段时间，就要跟踪医疗服务部，比如：是否有派出医疗人员、腹泻的运动员现在在哪里、接受了什么样的治疗、病情如何、有没有得到控制、医疗部能不能自行解决等等，每一个问题都有独立的记录，直到跟踪到运动员的身体康复为止。对于这样的突发事件，信息员需要将发生的问题按严重程度划分等级，上报到村领导。比如说，医疗卫生部的同事通过VCC报告运动员的房间有灯泡不亮了，这样的问题，医疗部自身当然是无法解决的，就需要信息员去协调物业保障部，通过他们去解决问题。每隔一段时间，就要做跟踪，并形成纸质记录，直至问题得到解决。

除了这些突发事件的跟踪之外，每一位信息员都受过严格的、详细的亚运会运行系统的操作培训。她们每天必须从系统中读取亚组委的新指示、新命令和新警示，然后第一时间呈交村领导、5个村办小组以及17个部门领导手中。如果遇到紧急的情况，由村领导组织进行部长会议，传达指示。

运动员村团队每天的工作情况，都要通过亚运会运行系统上报到亚组委。每天5个村办小组、17个部门以及40多个领域的负责人，要填写每日运行情况报告表，汇报每一天做了哪些具体事情，在什么地点出现了什么情况，还有哪些问题有待解决。在收到部门提交的每日运行情况报告表后，信息员要负责电话回访，一一落实：上报的这些问题解决了没有、情况有没有什么新的变化、是否需要协同其他部门共同解决等等。在上报每日运行情况报告表的同时，各小组、各部门、各领域还需要上报运行时间表，即3天后的计划。这些部门、这些领域在3天后，计划具体做些什么工作。信息员在回访的时候，还需要翻看已经上报的运行时间表，逐一核实计划当中的工作落实了没有。是提前完成了，还是推迟了？为什么推迟？需不需协调解决？在一一落实之后，信息员才能把运动员村团队的整体情况，整理成一张亚组委运动员村团队的每日运行情况报告表，得到村领导的同意后，通过亚运会运行系统上报亚组委。

每天的工作安排都是满满的，唐老师的拍档曾经说过一句很经典的话："我连上洗手间的时间都没有，哪敢喝水啊。"信息员在第二天的早上还要参加团长会议，团长会议一般情况下是早上七点半召开。当班的两位信息员相互照应，或者是我值上半夜，你值下半夜，或者是你明天早上去开会，我就值长一点时间，让你多睡一会儿。只能是大家相互关照一下。

琳儿回老家了，虽然心中千般眷恋，万种不舍，但想着有亲人照顾宝宝，唐老师心里还算踏实。她想着爱人近在咫尺，虽然见不到面，但心中暖暖的，觉得运动员村就像是家一样。不知不觉中，打往老家的电话越来越少了。一是没时间，二是太累了，需要好好休息恢复体力，以免在工作中出差错。在下班的时候，唐老师常常站在走廊上，目眺远方。时不时地能看到一些武警巡逻走过。她知道，这些很可能就是她爱人属下的武警战士。看着他们，她心中也生出一股暖意。这天，部里领导让她送一份文件到楼下的武警指挥部去。她也没多想，就送去了。进去一看，正好是武警部队的领导在讲话，她爱人正好坐在位置上。夫妻俩匆匆一瞥，愣了一下，唐老师把文件放到办公桌上，转身就走了，一句话也没说上。这是夫妻俩在运动员村的第二次见面。

已经有多少天没往家里打电话，是6天还是7天，唐老师自己都记得不是太清楚了。电话通了，和婆婆说了几句，问起："琳儿在做什么？"

"她在玩呢，正玩着高兴。"

"让她和我说两句吧。"

"琳儿，和妈妈说两句。"

"不说！不说！"

婆婆把琳儿抱了过来。

唐老师刚刚想和琳儿说上些什么。

"不说！不说！"啪的一声，电话被挂上了。

唐老师心里很难受，打通了爱人的电话，真是难得。

"唉，真是失败，琳儿最后一个才会叫妈妈，又不接我电话。"

"我们在运动员村里工作，代表的是国家的形象。没有大家，哪里会有小家。孩子还小，长大了她会懂的。我们现在最重要的是工作，不能给国家和团队丢脸！"谭队长做起了唐老师的思想工作。是啊，没有大家哪里有小家，没有小家的牺牲又何以成全大家的成就。唐老师，是千千万万亚运工作者中的一员。正是这千千万万的工作者的无私奉献，赢得了亚运的伟大成功。

亚残运会期间，信息员的工作轻松了一些。这天，唐老师在五号安检口，又遇到了她的爱人。谭队长正在巡逻的途中，身边的小兄弟们都亲切地和嫂子打起了招呼。可谭队长只是径直走了过去，在两人擦肩而过时，露出了一丝微笑。这就是夫妻俩在运动员村的第三次见面，也是最后的一次见面。亚残运会结束后，综合服务部特意给唐老师放了几天假。她坐上八个小时的火车，回到爱人的故乡，把琳儿和婆婆一起接回广州。

唐老师和我就这样你一言我一语地尽可能还原当时的情形，不知不觉过去了两个多小时。我向唐老师再次表示感谢并挥手告别。当我走到地铁入口回头看时，唐老师已经快步向谭队执勤的方向走去。

一生烙印

　　哪怕是再璀璨的辉煌，当光环熄灭，一切终将重归平静。有些事情仿佛烟花般，尽管有高光时刻但是转瞬即逝，而有些则变成一生的烙印。

　　在空空荡荡的运动员村，尽管村长们不断用各种词汇尽情描绘当时的盛景，但是逝去的总归逝去，难以寻找到哪怕是些许的光影。深冬中寒风在渺无人烟的运动员村中肆意掠过，我茫茫然地跟着大部队在村里转来转去，除了大和美之外，脑海中一片迷茫，没有半点头绪。毕竟对我而言，后勤保障的工作太多、太零碎了。幸好，集体参观并没有花去太多的时间，很快就进入到分组采访中。出乎意料的是，在别人眼里日复一日、不带重样的日常工作，在他们的嘴里却是那样的清晰、有条理，那平凡的工作已经在他们身上烙上了深深的人生印记。

　　胡春娥，广电物业亚运城工程部经理，大家都亲切地称呼她"娥姐"。2010年3月1日，娥姐和广电物业的保安部、环卫部、景观部等相关部门的同事们一起进驻亚运城。

　　3月份的亚运城，在这片2.73平方公里的土地上塔机林立，到处都是施工现场，仍然是在紧张施工的阶段。道路还没有正式铺设，城中都是一些简易的施工道路。在广州的雨季里，亚运城工地到处都是泥泞一片。

　　2010年，广州的雨水特别多，百年一遇、两百年一遇的雨是此起彼伏，下个不停。在亚运城工地上，由于泥头车、运输车等大型车辆的碾压，形成了大大小小的泥坑，一下雨就成了水坑。在这里，大型车辆行走起来都十分艰难。小型汽车的底盘低，行驶时常常是磕磕碰碰的，有时还会陷进坑中，要一边加大油门，一边人在后面推，费很大的力气才能开出来。所以小汽车这一在现代社会中必不可少的交通工具，只好被搁置了。于是，常常看到，人们在泥路中一脚深一脚浅地走着。

亚运城实在是太大了，建设工程项目又很多，不同的项目，在进度和施工方面都会有所差异。这就需要管理人员在各个项目的工地间穿梭往返。光靠步行，距离近的还可以，距离远的真是鞭长莫及。

娥姐从监理部借来了一辆自行车，在泥地里艰难地前行。在城市里，骑自行车是一件轻松愉快的事情。可是，在亚运城的工地里，骑车的心境却截然不同：偶尔会有一些比较干燥、平整的小地块，骑得很顺畅，觉得有车真好；突然前面的路又湿又滑，这样的路面，最困难的就是保持平衡，摔跤是很自然的事情。有时路面不仅仅湿滑，而且软烂，还有大量的积水，自行车无法行进。

人们在电视里看到的亚运城，是多么赏心悦目啊！风景优美如画，建筑物之间的间隔很好，既不大也不小，感觉很舒服。可在3月的时候，这个距离，那种路面，常常是让人困在其中，进退两难。自行车无法通过，离前面的工地还远。娥姐下了车，整理了一下衣服，把自行车扛在肩上，一脚深一脚浅地迈着沉重的步伐前进。

奔走各工地的她，一两个小时下来就已经是一身泥一身汗，乌黑的长发上总是挂满了泥浆。怎么办？爱美是女性的天性，可是人在工地上，又有什么办法呢？在以往的项目中，规划较小，面积有限；而亚运城的项目，需要她在2.73平方公里，将近383个标准足球场那么大的场地中奔走。

相对而言，衣服和鞋子还好办一些，脏就脏了，不是直接沾在身体上，虽然不好看，也多少有点不舒服，但总的来说，影响不大。可是头发就不一样了，泥浆沾在上面，黏黏的，臭臭的，一粘就是一整天，实在是太不舒服了。可还有那么多的项目要去跟进，只能等下了班，回到家时才有洗头的机会。洗这样的头发并不是一件容易的事情。泥浆当中常常会混杂着一些建筑的材料，如水泥、黏合剂什么的，粘上了头发，就不容易清理。有时心急一用力，连头发都被扯了下来。

娥姐是位老行家。这么多年，她经历过多少的工程项目，奔波于多少个大大小小的施工现场；可这次的经历，是她从未体验过的。头发的问题，可真是难办。如果是一两天就算了，可是，亚运城的日子才刚刚开了个头啊。娥姐狠了狠心，咬了咬牙，把那头心爱的、多年陪伴她出入各大小施工现场的乌黑长发剪了。她捧着刚刚剪下的长发，望着镜中的自己，眼眶红红的，一阵阵心酸涌上心头。长发伴随多年，载着她多少美丽的记忆！以往的日子，再苦再累，也从未想过将它剪去。而如今，却要舍弃它，心中隐隐作痛。心酸过后，一想，剪了，也好，方便些了。心酸过后，短发的她又开始在各个工地间奔波了。

……

不知不觉当中，日子已经跳到了7月8日，这是正式接管供电房的大日子。从这天起，娥姐正式从电力公司手中接管了78个高压电房，158台变压器，水泵房、空调机房、设备房共1500间。这时，亚运城里的道路已经建好了，再也不用扛着自行车去"翻山跨沟"。2010年的7月，暴雨经常"光顾"。娥姐每天不停地去接收电房、送电，一进一出之间，总是被淋得浑身湿透。打伞也没用，城里很空旷，大风裹挟着雨滴，无孔不入，雨衣都挡不住，更不用说雨伞了。

任务繁重啊！除此之外，每天早上七点，广电物业的总经理亲自点兵点将，分成4组，奔赴每一个岗位巡查，巡视每一位物业工作人员的工作状态，查看相关设备的运行情况。娥姐负责供电部分的巡查。

眨眼间，已经是10月中旬了。娥姐在亚运城里工作7个多月了。鞋子磨破了3双，脚底的老茧不知道是第几层了。在离运动员村开村不到半个月的时候，娥姐迎来了最为艰巨的任务——特试特检。所谓特试特检，是指设备在验收合格后，在正式使用前，为确保万无一失而进行的特别试验和特别检查。

范银忠，物业保障部经理。他在亚运城的时间已经很久了。在本届亚运会的场馆建设中，市重点办（广州市重点公共建设项目办公室）负责建设的亚运工程项目，包括广州亚运城（273.7万平方米，8078套房）和40个市属亚运场馆。场馆数量占本次亚运会使用场馆总数的57%，投资占场馆投资总额的75.2%。范工作为甲方代表，在2008年进驻亚运城施工现场，根据亚组委的要求，对重点场馆进行特试特检，确保重点场馆在亚运期间正常运行。范工按照亚组委的指示和具体要求，先后对广州亚运会主新闻中心、综合体育馆、沙滩排球场3个场馆、4个电网进行了特试特检。

运动员村团队执行主任、市重点办主任罗广寨考虑到，运动员村里的设备也要保证运行正常，为确保亚运会的顺利举行，工作还是要做足，宁可做多一些，也不可麻痹大意。罗主任将自己的想法和方案上报给团队领导，经领导批准，一场涉及亚运城内77个场馆及电网的特试特检战役就此打响。这时，离亚运会开幕只有半个月的时间了。除去已经完成特试特检的3个场馆、4个电网外，还有73个场馆及电网需要进行特试特检。只有完成了特试特检，才能及时发现并排除隐患，确保万无一失。

可时间太短了。范工、娥姐以及相关施工单位的负责人商量决定：一定要快，动员全部的人员，24小时不停地检测，预计3天就能完成特试特

113

检任务了。方案报到部里，立刻被否定了。原因其实很简单，因为已经预开村了。运动员村团队中的各部门都已经进驻了，大家都在忙着各项准备工作。时间紧、任务重，不能耽误片刻。可是，特试特检必须先对场馆及电网停电，再按照特试特检的程序对所有设备进行一一测试。问题总是充满了矛盾的。断电就意味着影响团队的准备工作，在分秒必争的特殊时间里，这绝对是不允许的。可特试特检也是绝对需要的，因为检过了，心里才有底。

在重新衡量后，范工确定了新的方案：从晚上10点起，对需要进行特试特检的场馆、电网进行临时停电。100多家施工单位、设备供应商、物业保障部的强电、弱电等相关部门共分成10个小组，分别对其所负责的场馆、电网进行特试特检。所有的特试特检工作，必须在凌晨四点停止，恢复供电。这次的实施方案通过了，接下来就是实施了。夜深了，已经晚上九点半，离特试特检还有不到半个小时的时间。这天是第一天，也是最关键的一天。因为来自不同单位、不同部门的工作人员，今天起聚合在一起，完成特试特检任务。他们之间的配合和态度，将决定特试特检工作的效果。范工将情况简单扼要地介绍后，各组的负责人领了对讲机，带领着本小组的人员陆续离开了。

十点，停电，行动开始。十多分钟后，突然对讲机中传出某个小组的呼叫。范工急忙拿起对讲机，听见那头似乎在吵架，声音非常大，似乎情绪很激动。对讲机的那头请范工马上到现场协调。可奇怪的是，范工的脸上，没有丝毫慌张的神情。范工在很短的时间内就赶到了现场。一看现场的架势，他明白了，又是老问题。娥姐和施工单位争执了起来，原因是一个设备在检测数据指标上出现了偏差，可这到底算不算是质量问题，双方互不相让。

娥姐，在城里是出了名的严，脾气也是出了名的硬，她认为是正确的事情，从不退让半步。原来，范工在对讲机中听到娥姐的声音，就知道得八九不离十了。这个设备在特试特检中检测出来的数据，有一些偏高，已经接近许可范围的上限。其实，一件事情，如果你站在不同的角度，用不同的心态来看，所得出的结论是完全不一样的。施工单位认为数据并没有超出许可范围，没有问题。而娥姐认为数据偏高，存在隐患，在质量方面可能存在着偏差。施工单位，站在他们的角度，认为符合标准就可以了，希望把工程、设备尽快交付使用。娥姐，作为管理者，她希望接收到的工程和设备都是尽善尽美的，确保万无一失。

作为甲方代表之一的范工，他的处境相对来说会艰难一点。像亚运城这样的大型项目，拖不得，时间一拖，亚运会怎么办？质量差不得，一旦发生事故，无法弥补。可是，这种接近正常标准临界值的数据，说完全没有问题吧，偏高表明有出现问题的可能性；说有问题呢，又是在标准之内。可是，他们在亚运会开幕之前，需要完成73个场馆及电网的特试特检任务，如果被一个设备卡住了，耽误了时间，完不成任务，怎么办？

范工看了看发着无名火的施工单位，又看了看毫不退让的娥姐，说："娥姐，我们还是先把情况记录下来，先不急于论定，等白天再讨论，还有很多设备需要检验。"

"好吧。不过我还是觉得这个设备是有问题的。"娥姐回答道。

"行，那就记下来，再检查其他的设备吧。"施工单位的人说。

……

一个晚上过去了，又一个晚上过去了，7个晚上过去后，特试特检的工作完成了。

范工、娥姐他们的嗓音都沙哑了。实际上，在这7天中，像上述的争论不在少数。

事后，娥姐对范工说："你的心情，我能理解。我也曾做过甲方。只是事关亚运会，绝不能有任何闪失。"

范工点点头说："是啊，大家的压力都很大。"

整个特试特检期间，共有300多人参与。因人手不足，还特意借调了60位环卫工人，负责记录的工作。

这些人，在忙碌了整整一个晚上后，只能休息一两个小时，就投入到新一天的工作当中去了。一天天地熬夜，一次次地透支，娥姐病了，范工嗓子哑了。亚运会当前，他们哪里有时间看病啊！娥姐拿着支气管炎的诊断书，顶着可能会发展成哮喘的风险，捂着不停咳嗽的嘴，吃着药，上着班。范工也只能是多喝水，吃点润喉糖而已。

无论如何，他们是熬过了最为艰苦、也是至关紧要的7天。他们的一丝不苟和坚韧不拔，为亚运会的顺利举行打下了稳固的基础，也为他们烙下难以磨灭的印记。

聚光成芒

城的嬗变

　　我最恐惧的事情莫过于开口说第一句话，无论在此之前已经做了多少次功课都一样，总是无法克服。尤其是在采访中，我总是担心一开口，对话就结束了。但不开口，永远无法开启后面的话题。于是，总是处于被动营业的我，在开口时总是磕磕绊绊、词不达意，就像一个在路上左脚绊右脚的人一样，总是走在摔跤的边缘。而能让我走出这种状态的，也只有一样，那就是受访者将讲述自己或他人故事时，眼里散发出的亮光。而这些一点一点零零散散的亮光，最终汇聚成一片光芒，为我驱散了所有的阴霾。

　　运动员村启用的日子越来越近了。运行支持部的梁宇部长也是忙得不可开交。梁宇的管辖范围内共分成四大领域：物流领域、信息技术领域、租赁领域、检验检疫领域。物流领域，顾名思义就是负责整个亚运城所需物资的配送。信息技术领域，就是负责整个亚运城的网络建设和运行维护。租赁领域，运动员村虽然为各国的运动员提供了相当多的物资，但是部分国家仍然觉得不够的话，他们只需事先提出一些需要租赁的物资，运动员村就会为他们提供相应的物资租赁服务，收取相应的费用。检验检疫领域，就是为运动员的物资和一些特殊的动物，特别是亚残运会期间的导盲犬提供入境和出境的检验检疫服务，协助这些物资和动物顺利入关、出关。

　　在梁宇所管辖的工作当中，物流领域和信息技术领域是两大重头戏。打个不太适当的比喻，物流就像是人的血液循环系统，它把团队内各个层面、各种需要的物资源源不断地输送，同时也为运动员们提供行李运送的服务。而信息技术，则更像是人的神经系统一样，每一个网络的节点就是一个神经元，遍布全城的神经元们组成了完整的网络，使得团队间的信息传递畅通无阻。

信息技术领域的工作重点在于运动员村开村之前，而物流领域的工作则是伴随着亚运会和亚残运会的始终。

9月25日，距离亚运会开幕只有一个半月的时间，而亚运城中的信息网络还没有铺设好。导致这情况的原因有很多，最重要的一个就是亚运城本身。亚运城在设计上是同时兼顾赛时和赛后，不仅仅是赛时的场地，以后更是千万人所居住的小区。这就与亚运会的要求不一致。因为亚运会是一项周密的系统工程，它需要精确。在亚运城竣工的时候，只是建筑物的竣工。对于信息网络来说，它需要更多更详细的数据，比如说：办公室在哪里？安检口在哪里？需要什么样的网络？在哪里需要配备打印机？在哪里需要配备无线网络？网线怎么连接？光纤怎么铺设？一切都要等团队的各部门入驻运动员村后，才能提出具体的要求。而在一般的工程项目中，这些都是提前就设计好的。但这是亚运城，是一种全新的模式，一条别人从未走过的道路。

压在梁宇和信息技术部肩上的，是七大网络，包括2个专网、无线网络、有线网络、电话网络、无线电通信网络等等。这些网络，维护着运动员村的信息畅通。所有人员的注册卡是否登记了、能不能进村、人员的身份识别、是否符合进入运动员餐厅进餐的身份等等，一切都需要通过专网来进行信息的传递。运动员村内各部门的正常办公、对外办公的需要，运动员村和外界沟通交流的需要……所有的具体需要，都是在运动员村团队入村后才逐渐收集起来的。

　　时间不等人。信息技术部的10个小伙子，一个假日也没有休息过。无论是人月两团圆的中秋，还是万众欢庆的国庆佳节，他们都坚守在岗位上，和电信、移动的施工人员并肩作战，负责期间的协调、组织工作。在一个多月里，有的小伙子登记结婚，第二天马上就回来上班，有的小伙子升级做老爸了，也是匆匆地赶回来了。因为在他们的肩上所承担的不仅仅是老公、老爸的责任，更有国家的荣誉。

　　在这过程当中，有些人付出了高昂的代价。9月底的羊城，时不时下着暴雨，红色警告常常悬挂。事情同问题总是相互交织在一起的，这个时候偏偏又是光纤铺设的高峰时期。深夜里，信息技术部的小伙子们，以及电信、移动的工作人员正在一起紧张地施工。已经是晚上十点了，大雨过后的路面，又湿又滑，移动的施工人员拉着沉重的光纤电缆在进行铺设工作。突然，一个人影晃动了起来，摇摆着，双手在空中不断地乱抓着，想抓住些什么，但晚了，已经失去了平衡，"咣"的一声，掉进了管井里。这一声虽然并不是十分的响亮，但在夜深人静的时候，是多么的刺耳，又是多么的恐怖。

　　大家立刻赶上前去，一个又一个的手电筒亮了起来。人已经受伤了，头部擦伤出血了，人不是很清醒，下半身软软的，可能是受了扭伤之类的。同事们合力把伤员从井中拉起。医疗服务部在接到通知后，紧急派出医护人员赶到现场，经过消毒、包扎处理后，立刻由救护车将伤员转送到医院急救。幸好，伤势不算太重，休息了一周后，伤员康复出院。

　　一切都是这样玩命地干，梁宇有一句话总是挂在嘴边："同志们，辛苦了！再坚持几天！"辛苦是肯定的，难得的是坚持下来完成使命。这句话是我从梁宇的同事口中听到了，而且不止一个人。他们笑着，眼里闪着光，仿佛说的是一件轻而易举的事情。

10月25日，历经一个月的奋战，信息网络全面贯通。信息技术部的主要工作，转变为网络的日常管理、信息备份、应急准备和网络、无线设备的领用和归还。

梁宇重中之重的工作，就是亚运城的物流领域的工作了。他首先要做的就是组建物流的团队。他有位好帮手，叫闫红波，来自广百集团，任运行支持部物流领域经理。

亚运会的物流工作，与其他一般物流企业的要求有着明显的不同。一般的物流企业，虽然也有他们自身的工作制度和相关要求，但与亚运会的要求相比，无疑是有着很大的差距。物流领域的物资运输工作是由物流服务供应商完成，一方面是因为他们是专业从事物流工作的，有专业的经验和技术；另一方面因为服务商经过层层的筛选，无论是能力上还是政治上都有所保障。

物流部还需向运动员提供行李运输服务，这是直接展现亚运会形象的工作，任务繁重，影响面大。这批工作人员的人员挑选真是令人绞尽脑汁。最后，亚组委决定，从驻惠州某部队中抽调子弟兵战士作为行李搬运的志愿者。首先就是要组织学习。因为运动员们来自不同的国家，就会有不同的风俗习俗，而这些志愿者是与运动员们直接接触的，他们服务的好坏，将直接关系到团队的形象。10月10日，闫红波和亚组委的李霞老师前往惠州，为挑选出来的志愿者们进行为期一天的基础知识培训。一天的时间，怎么可能够用呢？可是没办法，一切只能是在演练和实践中逐步完善。

摆在闫红波和志愿者们面前的首要任务就是在最短的时间内，熟悉亚运村里的道路。这点看似很简单，其实不然。

在运动员村中，为了确保运动员的安全，对车辆的通过进行了严格的限制。在居住区提供搬运行李服务，需要用人力推动行李车的方式完成。开村之后，各国运动员将会陆续进入运动员村。运动员们抵达时间不一。在住宿区路面上推动行李车就必定会发出噪音，会影响运动员的休息。为了避免这样的情况发生，行李车和运动员要分开走。运动员们在居住区的路面上行走，而志愿者则是推着行李车在地下通道中前进。两者在运动员所居住大楼的大堂集合。如果身处地下通道，环顾四周，你将会发现它们的规格、样式完全相同，在四个方向里都有许多岔路通向不同的住宿楼。那种感觉，就像是身陷迷宫一样。在地下通道中，还有存放布草的仓库。在这里，出于安保的要求，没有任何的指示牌。四周空空荡荡，没有任何标记。在这样的地方，迷路是再自然不过的事情。

闫红波和志愿者们在这里，不知研究了多少次地图，走了多少回，错了多少次。他们一天又一天地行走着，练习着。终于有一天，这座迷宫已经在他们的心里印下了深深的烙印，所有路径都烂熟于心。

运动员村正式开村了，11月4日，第一批运动员开始进村，最忙的日子到来了。运动员代表团入住运动员村，需要经过严格的程序和周密的安排。运行支持部的工作贯穿于代表团入村的全过程。运动员代表团是24小时随时都有可能入村的，闫红波和同事们需要不断地向欢迎中心了解代表团什么时候抵达机场。之后还需要和交通部沟通客车的安排，因为他们需要配备好行李货车，跟随着客车去装运行李。在梁宇的眼中，货车就是客车的行李箱，货车要紧随客车。客车在哪里，货车就要在哪里，一切都要为运动员的方便着想。

代表团到了欢迎中心，需要开团长注册会议并办理验证等手续，闫红波和同事们就要在欢迎中心的外面等候。他们等到运动员从欢迎中心出来，就可以卸下行李，放入行李手推车，在通过安保后，就可以送入居住区了。可是，每个代表团的做法不一。有些是先由个人认领行李，再送入居住区；有些则是先送入居住区，再认领行李。于是就出现了各种各样的问题。日本代表团的行李量是所有代表团中最多的。他们的准备非常细致，不光是训练器材，而且还带来了大量的生活必需品，像矿泉水、中华拉面、药品等，行李数量和重量堪称第一。一般的代表团，也就是带一些小的训练器材，再带上四五件的行李，这已经很多了。日本代表团每百人的行李重量，达到了6~7吨。所有的行李，都要从货车上卸下来，一件件地放入行李手推车中，再通过地下通道送到其所居住楼宇的大堂。完成任务后，很多人吃饭时连筷子都拿不稳。

在代表团入村的高峰期，有时，在一个小时内同时有1000多名运动员入村，少的时候也有400~500人。运动员们居住的区域各不相同。运行服务部共分成了6个不同的现场区域，欢迎中心、安检口、居住区的四大小区，一个小区一个现场。最后，把所有的应急方案全部都用上了，可仍然是应接不暇。货车不够、行李车不够，部队志愿者总动员，高校志愿者总动员，预备队全部都上了第一线，已经是没人可调了。所有的管理干部也都冲上了一线，提供运动员行李运输服务。在11月6日—13日的高峰期内，能准时吃上一顿饭就谢天谢地了。

开村初期，运行支持部准备了500辆行李手推车。当天，日本代表团一下子就用了80辆，韩国代表团几乎是同时入村，他们的行李量也是非常庞大的，行李手推车常常处于非常紧张的状态。闫红波和志愿者们不断地加快速度，提高行李车的使用效率。为了不让运动员们等待，他们牺牲了仅有的吃饭时间和休息时间。在最高峰时段，临时向机场借了100辆行李车，仍然是满负荷运作。他们总是说，自己辛苦一点累一点无所谓，一定要让运动员们满意。高峰期间，他们不分昼夜地工作，只有在确定一个小时或者半个小时之内没有代表团入村的情况下，才打开折叠床，睡上一小会儿。

运动员代表团入住运动员村，首先需要参加注册会议。注册会议，由代表团的团长和运动员村的外联部等相关业务部门共同参加。在会议上，团长把心中的疑惑都提出来，由对应的部门来解释，直到满意为止。涉及的问题牵涉各个方面，咨询食物是否符合当地的风俗、住宿的安排、如何参加宗教活动等等，各色各样。一方水土一方人，不同水土滋养出不同的文化。虽然大家都来自亚洲，但文化上的差异，难免使大家都带着疑惑。注册会议能让这些疑惑烟消云散，让代表团的运动员们在会后能轻松愉快、安心自在地入住运动员村。所以注册会议的时间长度不一定，有的时间较短，有的很长，一个会议七八个小时也是常有的事情。

这天的下午两点，印度代表团的首批300多位运动员抵达运动员村。他们来到欢迎中心安顿下来后，团长去开注册会议了。欢迎中心外面，在代表团乘坐的大巴后面，是运行支持部满载运动员行李的货车。货车的后面，站立着的是闫红波和志愿者们。他们在这里已经守候八个小时了，一直是待命状态。人不能离开，因为注册会议随时可能会结束，运动员们需要他们提供行李搬运服务。宁愿让自己和车辆等待运动员，也不能让运动员们等待服务，这是他们服务的宗旨。欢迎中心里面，运动员们有点坐立不安，餐厅里的食物已经消耗干净了，连水也喝完了。运动员们感觉肚子是越来越饿。广州11月初的天气，日夜温差开始逐渐拉大，夜深了，天凉了。可是闫红波和志愿者们一直站在欢迎中心外面等候，连晚饭都没吃，他们从下午两点起就再也没吃过东西了。

虽然他们事先做了些准备，午饭吃多了一些。可是现在离吃午饭将近十个小时，一直都是待命状态，午饭就是吃得再多，这时也完全消化了。饥饿在闫红波和志愿者间弥漫着，扩散着。时间一分一秒地流逝，不知不觉中，又过去了四个小时，已经是凌晨两点，印度代表团的注册会议已经开了十二个小时。闫红波和志愿者们只能靠喝凉水，去压制不停翻滚的肚子。寒风细雨中，又饿又冷。突然，欢迎中心的门打开了，运动员们走出来了。万岁！这漫长的注册会议总算是结束了。闫红波和志愿者们暗暗松了一口气。把行李送到住宿区的大堂里，大家完成任务，就可以下班，可以吃饭，可以睡觉了。真是饥寒之中出现的曙光！

运动员们上了车，开车出发了。

可是怎么不是去住宿区呢？闫红波看着车前进的方向，心里打起了鼓。出什么事情了？他们紧随着行李货车，跟了上去。车在运动员餐厅的门前停了下来。原来运动员们太饿了，十多个小时的会议，让这些运动员们实在是饥渴难忍。他们一上车，就通过NOC助理，要求先把车开往运动员餐厅吃饭。NOC助理在请示获得批准后，通知司机将车驶往运动员餐厅。很快，闫红波从无线对讲机中也得知了消息。闫红波通过对讲机，请NOC助理和代表团沟通，请代表团派一两位留下一会，看着他们卸行李、装行李车。毕竟抓紧时间，能先做一步工作是一步嘛，而且有代表人员在场，这也是工作程序的要求。或许实在是太饿了，一下车，运动员们就直接冲进餐厅，丝毫也不理会就在身后的行李货车，更不用说是闫红波他们了。没办法，行李在没有代表团代表在场的情况下，是不能卸下运输的，因为万一出现纠纷，谁又能说得清呢。闫红波只好在餐厅的外面，和志愿者们一起继续等待。他们早已经是饥肠辘辘。前不能进入运动员餐厅吃饭，后又没有随身食物，已经是十四个小时没有进食了，他们能做的只有等。

梁宇急了，他得知情况后，马上通知人员到位于国际区的超市中，购买罐装的八宝粥，然后发到闫红波他们每一个人的手中。不管怎么样，先充饥吧。于是这些冰冷的八宝粥，就是闫红波和志愿者们的晚餐加夜宵。闫红波以最快的速度吃完粥，又恢复到工作的状态。其实，又是冷又是饿的，他吃得那么快，肠胃并不舒服，但此时此刻，已经顾不得许多了，只盼着能够尽快完成工作任务。

凌晨三点半，运动员们开始陆续走出餐厅。代表团派出人员协助闫红波他们进行行李的装卸工作，闫红波和志愿者们将一件又一件的行李从货车上卸下，再把行李装上手推车，推到安检口，将行李交到运动员们的手中。运动员们拉着行李通过安检后，再把行李交还给闫红波和志愿者们，由他们用行李手推车将行李运送入村，直至运动员所住楼宇的大堂。

凌晨四点，运动员们开始陆续进入住宿区了。闫红波以及志愿者们推着车也到达了住宿区。运动员们在住宿区的路面上行走着，闫红波和志愿者们在地下通道里推着行李车前行。为了不影响其他运动员的休息，他们都沉默着，只有行李车前进时发出的声音，在空空荡荡的通道中回荡。

凌晨五点，所有的运动员行李都送抵大堂了，无一错误。印度代表团团长激动地拉着闫红波的手，感激地说，这是他们所享受到的最好的也是最难忘的行李服务。

　　在代表团入村的最高峰期，最多的那天来了将近2800名运动员。又一个深夜，闫红波和沈阳君在欢迎中心的现场值守。欢迎中心的大堂不是很大，在这里，同时有5个团：印度代表团的第二批运动员、尼泊尔代表团、越南代表团、哈萨克斯坦代表团、巴基斯坦代表团。大厅里的人很多，有些人站着，有些人坐着，他们都在等待注册会议的结束。闫红波和沈阳君两人突然发现在大厅里有一批行李，像是没有人管一样，就丢在那里，也没有人理会。

　　他们觉得很奇怪，需要马上搞清楚这到底是怎么一回事。否则，等注册会议结束，运动员散场了，出了问题也不好办。可是，闫红波和沈阳君两人的英语口语并不灵光，现场又没有翻译，临时找外联部怕来不及了。情急之中，闫红波和沈阳君两人向一位运动员询问："Sir!"，然后指一指行李，再指一指对方，眼神很急切，对方连忙摆手说"No"。两人并没有放弃，一遍又一遍地询问着其他的运动员。问了200多位运动员后，终于搞清楚了。原来，是巴基斯坦的运动员拿错了印度运动员的行李，因为他们的行李箱几乎是一样的。避免了错误的发生，闫红波、沈阳君两人总算是长舒了一口气。如果到了居住区才发现就晚了，那时人员和行李全分散了，要找难度就更大了。

　　闫红波回到运行支持部，第一件事就是打电话咨询欢迎中心。他想问一问下一个代表团的预计到达时间。在得知有一个小时的间隙后，闫红波以最快的速度拉开折叠床，躺了上去，因为他知道，需要提供行李服务的代表团还有很多。他需要做的是抓紧时间休息，恢复体力。灯灭了，唯一亮着的是那对讲机上忽闪忽闪的信号光。

　　……

2010年11月12日，这是亚运的开幕日。运动员村里的工作人员忙中有序，有条不紊，各部分、各领域都在各尽其职。

这时，物业保障部的工作人员也是紧张万分。范银忠经理和他的同事们正在调整设备的运行状态，一切都为了今晚。

这还得从头说起，运动员开村之前，说起范工最担心的事情，不是电，而是水，特别是热水的供应。

亚运城的模式是首创先河，在亚运会前就已经打包出售给房地产开发商，这样既解决了亚运会的相关场馆的配套问题，同时也可成功回收投资，是一个一举两得的大胆尝试。所以，在亚运城的规划和建设当中，同时兼顾了赛时和赛后。

就拿热水供应来说，如果为了确保每一位运动员能同时洗上热水澡，就需要大量的设备，投资总额将会增加数亿元。但是，这些设备在赛后是不需要的，因为在住宅小区中，人们的洗澡时间总是会相互错开的，单独一个时间段内的热水需求量是有限的，所以按正常的配套设计就完全可以满足了。但是，大量的住户同时洗澡的情况在运动员村却是完全可能，而且是必定会发生的。

当运动员们参加完开幕式，集中回到运动员村里。他们在外奔波劳累，都想好好洗个热水澡放松一下。此时，就会出现在同一时间段内，热水需求量在短时间内迅速膨胀的情况。这个需求量，可能会超越系统设计的上限。这样的情况一旦发生，就意味着将会有运动员、技术官员洗不上热水澡。

俗话说，好的开始是成功的一半，好头必须有好尾。开幕式就是亚运会的开始，而运动员的洗澡问题就是这个开始的尾巴，这个尾一定要结好，不能有误。

其实范工的担心并不是多余的，这个问题也一直在村长和村领导的心中萦绕。因为在过往的大型运动会中就出现过，开幕式回来后，用水特别是热水的使用高度集中，导致部分人员受到影响，不能正常淋浴。这样的事情，是绝不能发生在广州亚运会上的。范工在亚运会开幕前一天的晚上，还一直和设备商、工程部在调度房开现场会，讨论如何保障热水的供应的问题。

那时，已经是凌晨一点了。"明天开幕式了，运动员和记者加起来有16000人。他们回到运动员村后差不多都是同一时间洗澡。请大家来，就是让大家说说想法，看看怎样保证让人人都能洗上热水澡。"范工开了头。接着大家你一言我一语地交谈起来。

"热水总量能不能加大？"

"所有的储水池放满也就是1500吨。现在也没有办法再增加了。"

"提前储水怎么样？"

"平时的水没放满，现在放满了，加热的时间也相对长了，可以啊。"

"村里使用的热水供应设备，是太阳能的和水源热泵的。水储早一点，水量大一点，可以的，加热时间拉长了，可以达到效果的。"

"能不能提高水温，这几天的水温都是50度，如果能提高到65度，等于是变相多储了热水。"

大家一下子把目光集中到供热保障总工的脸上，只见他神情凝重，一手拿起笔，一手拿着计算器，说："我们再计算一下。"

可不是嘛，做决定是不能光靠拍脑袋的。凡事都有两面，不能只看一面，而忽略了另外一面。光有热情，拍了脑袋，就去调整设备，万一超过设备的极限，设备坏了还是小事，导致运动员们无法洗上热水澡就是天大的事情了。几个人，聚在一起，反复地计算着，不断地交流着。你一句我一句。

……

二十多分钟过去了，当总工给出肯定的答案时，大家总算是松了一口气。

"这是个好办法，看看大家还没有其他的想法？"

"我有一个主意，但不大好说。"

"说嘛，怕啥，不用吞吞吐吐的。"

"如果我们都不洗澡的话，能节约不少热水，就是不知道大家有没有什么意见？"

"光是我们自己部门，晚上值夜班的就有几百上千人，如果大家都不洗澡，确实能节约不少热水。"

"我支持，没有意见。"

"我也没有问题，不就是一个晚上而已嘛。"

其实大家都在故作轻松，在一天的劳累之后，谁都盼望着能好好洗个热水澡，解解疲，消消乏。但这些年来，从亚运城开始建设，到移交使用，到开始运行管理，直到亚运开幕，他们经历了多少风风雨雨，不就是为了能让亚运会顺顺利利地进行吗？一天不洗澡，相对于这些年来吃的苦、受的累，算得了什么呢？

在会上，大家都赞成这个提议。会后，罗广寨部长将物业保障部的措施上报给村长和村领导。村领导将物业保障部不洗澡的做法和各个部门进行了沟通，获得了所有部门的支持。在亚运会开幕式的当天晚上，亚运城里的所有工作人员、志愿者、服务供应商、各部门领导以至村领导，将全部不洗澡，把有限的热水资源，全部留给运动员们。

虽然亚运城中的工作人员和志愿者们都不洗澡了，但是，光是参加亚运会开幕式的运动员和媒体记者，人数已经超过1.6万。这已经是一个庞大的数字了。这批人员在回到亚运城后，将会在间隔很短的时间内，相继洗澡。虽然反复计算过，但是这1500吨的65度热水，到底足不足够，罗部长和范工的心里其实都不是很有底气。毕竟预算的与实际的总会有些差距。

热水的能量来源，主要来自两个方面，一是太阳能，占40%，二是水源热泵，占60%。太阳能，顾名思义就是把太阳的能量转换成热能，会受到太阳光照强度和时间等因素的影响。水源热泵，是通过热换器，从流动的水中吸取能量，再转化热能实现对水的加热。水源热泵技术是节能环保技术的一项新应用，它节能高效，使得水的加热所需耗费的电能减少了70%左右。但是，这项技术的正常使用，对水源的温度也是有要求的，当水温低于一定温度的时候，就很难从水中提取热能。

范工他们的担心不是没有道理的，从设备的配置来看，完全可以超额满足日常的生活需要，可是在开幕式这样特殊的日子里，万一热水用完了，可是连补充热水的时间都没有，只能是提前把工作准备好。开幕式的当天晚上，罗部长和范工带领着几百位来自不同单位、分管不同项目的工作人员，值守在设备房、监控室，观察着水温表和保温水箱水位的变化。24小时保障热线31160000，全线开通，全程守候……

时间一分一秒地过去了，洗澡的人越来越多，各种相关仪表的数字不停发生变化。数据不断地集中汇报到部里，又上报到村长和村领导的手里。

　　一小时又一小时流逝了，用水量慢慢地降了下来。到凌晨两三点了，热水的用量已经很少很少了，运动员、技术官员还有记者们都已经洗完澡，入睡了。这时，村里的工作人员终于可以松一口气了。范工那颗悬着的心也终于放下了。他伸了伸腰，打了个哈欠，再看看表，还有几个小时就要上班了。他连忙打开折叠床，躺了上去，想着终于可以睡个踏实觉了，脸上露出了甜甜的微笑。

　　那天晚上，我们亲爱的工作人员、可爱的志愿者们忍着一身臭汗，睡着了，他们太累了。第二天，在闹钟的催促声中，他们睡眼惺忪地起床，开始新一天的征程。

最后的坚持

城的嬗变

世上有两种情形总让人印象深刻，一种是辉煌灿烂的场景，而另一种则是落幕后的反差。寒风中，当我走出地铁四号线海傍站，从高出地面的站台往远处看时，亚运城是那样的空空荡荡。我走下台阶，顺着大路往前走，但此时的亚运城的各个出入路口都已经安上了铁丝网，还有人值守，没有出入证根本就进不去。

前来采访的我，自然是没有出入证，而拨打闫红波的电话总是忙音。我知道，这时是物资撤场移交公司的日子，每一个人都在站好自己的最后一班岗。尽管如此，我还是来了。因为这或许是我唯一一个能够亲身感受的环节，尽管我也清楚，我的到来就是给人添麻烦。我放下已经拨打了好几次的手机，选了一棵树，就这样隔着铁丝网靠着，避避风。寒风在宽敞的亚运城里横扫，吹得人脸上生疼。

这时一辆大卡车停在了岗前，身披军大衣的值班人员赶紧上前查看出入证以及打开车厢根据放行清单清点物资。我不禁心生疑问："亚运会后这些物资都没用了，还检查得这么仔细有必要吗？"

那天是2011年1月27日，亚残运会已经结束一个多月了，亚运城正处于物资转移的阶段，物资转移结束后，亚运城将正式移交给开发商。这是整个项目中我最后一次到亚运城采访。闫红波的电话终于打通了，但他还不能过来接我，因为有一批物资急需他处理。于是我只好看着岗前一辆辆卡车进进出出。拉走的物资各式各样，有床、桌子、办公台、棉被，塞满了一个个大大小小的货箱。闫红波总算来了，开着一辆小轿车，停在了距离岗亭只有几米的地方，他快步走下车，边走边跟我打电话，终于我们在岗前一里一外地会合了。在车上，我又听到了梁宇部长的那句口头禅："辛苦了！再坚持最后几天！"

来到运行支持部的时候，已经是中午了。工作人员都已经结束了上午的辛勤工作，大家正围坐在一起，吃着盒饭。闫红波很热情地请我坐下，拿起一个盒饭递给我说："先吃个便饭吧。""好的，谢谢！"我打开饭盒，吃了一口，菜是冷的，饭也是冷的。

坐在我斜对面的闫红波，三下五除二地吃了起来。不到五分钟，便吃得一干二净了。看着慢慢吞吞的我，闫红波笑了笑，说："在亚运会的时候，能吃上个饭，在椅子上靠半个小时，就很不错了。"那年的冬天很特别，特别的冷，冷的时间还很长，像这天，北风还特别的猛烈。对于需要长时间在户外工作的人来说，或许没有比一顿热气腾腾的饭、一杯温热的水更直接、更简单的幸福了。桌子并不长，也不宽，包括我在内，周边总共坐着9个人，梁宇也在其中。显然，刚才的话，引起了梁宇的注意。梁宇刚吃完，抬起头看了看我，随即扭头和工作人员聊了起来。一会儿是问统计数字出来了没有，一会儿是问房间的钥匙齐全了没有。过了一会儿，梁宇突然想起什么，站了起来，走到我身边，握手过后，梁宇说："不好意思，一下子没认出来。可是你今天来，他们哪里有时间接受你的采访啊！"

"是的，他们都很忙，我就跟着他们到处去参观一下。"

"可以啊。如果你体力够的话，跟随他们到工作的现场中去，亲身感受一下，那是最好了。就是辛苦了一点，不好意思。"

我笑了笑，"没事。我的体力还行。我下午就跟他们去走走看看"。

梁宇回过头对身边的同事说："我还要赶一份报告，下午还要回市区开会。"

梁宇正说着，有一位同事进来，身材不高，干干瘦瘦的，脸色不大好，有点发青。

这人有点眼熟，但一下子又想不起来。

这人说："早上总共出去了150辆车。"

哦，想起来了，这人就是在运动员村入口处负责放行物资的人。据介绍，亚残运会结束后的运动员村物资，主要有三种处置方式，一是由三大系统即民政、医疗、教育系统，用于公益事业，比如改善敬老院、福利院的设施，改善一些贫困地区学校的办学条件，改善一些乡村医院的医疗设备等等；二是由产权交易中心负责接收，并组织拍卖；三是由开发商接收。

这些天，来自三大系统下属几十个单位的车辆一直在村里进进出出。运行支持部负责协调、管理各单位的转移物资工作。村里面一时间涌入了大量的人员，他们有的是各单位的干部，有的是请来的搬家公司的人员，有的则是协助物资搬运的人民子弟兵。人员构成十分复杂，数量也十分巨大。在村里面，经常会出现十几个不同单位的人员同时进行物资转移的情况。不同的物资，根据上级的指令，应由不同的部门或单位接收。但由于物资种类繁多，数量庞大，有时也会有些单位误将不属于其权限范围之内的物资拉上了车。因此，运行支持部还须对每一辆出村车辆所载的物资逐一进行核查，如果发现有超出授权范围的物资，还需要进行卸货处理，其中的工作量可想而知。

在我等待的那一段时间里，就有10多辆车出入。入村的车辆要先出示相关的证件表明身份，再逐一进行物资的核实，最后才能签字放行。车辆的进出相当的密集，每隔一两分钟左右就有一辆车要出村。运行支持部的工作人员在保安的协助下，逐一进行检查，发现违规物资一律扣下。这位刚刚回来部里的工作人员，值岗时总是不停地翻看物资名册、核对车上物资、签名放行，似乎没有停下来的时候，水也喝不上一口。或许是为了缓解压力，烟一根接着一根地抽。

看样子，他现在实在是太累了。梁宇打断了他的汇报："先别说了，去吃饭吧。饭都凉了。吃完了好好休息一下。下午，我们换个人去值岗。"

"没事，我还行。"

一句听起来很普通的话，其实背后隐藏了多少的艰辛。运行支持部的全体工作人员，都是在轮流生病。闫红波的嗓子也是刚刚才治好，所谓的好，其实也就只是能发出沙哑的声音。前一天的下午，太阳很猛烈，一位同事在执行放行工作的时候，因为疲劳、紧张再加上暴晒，血压一下子飙升，不得不退下了火线。闫红波顶了上去，一直值班到晚上九点半才下班。晚上，没有盒饭供应，仅靠一包泡面和一盒饼干又挺了过去。

日复一日，铁人也顶不住。亚残运会结束之后，梁宇只留下了9位工作人员协助处理后亚运的工作。部门里也只留下了一台工作车。偌大的一个亚运城，几十栋的大楼、6000多间房，光是走一圈，就要花上将近两个小时。何况是穿行其中，协调各单位间的物资转运工作，体力的付出之巨大，可想而知。于是，生病就成了常有的事。回想亚运、亚残运会的日子，闫红波笑着说："还好，大家是轮着生病，人手没有受到太大的影响。"

"还是休息一下吧，换个人。下午更晒。不能再有人病倒了。快吃饭吧。"梁宇转过身来，和另外的一位工作人员说："下午你去顶一下吧。"

"好的，没问题。"

梁宇没有接过话，而是沉默了几秒，慢慢地说出了那句大家都熟知的话："同志们，辛苦了！再坚持最后几天！"

看到那位身体不大舒服的同事开始吃饭了，梁宇回到位置上，打开电脑，继续写他那份未完成的报告。闫红波回到自己的办公桌旁，拉开了抽屉，取出了一包东西，麻利地打开保温杯，倒了进去，随后走到饮水机旁，往杯里加满水，又走到杂物间里拿起两支瓶装水放入裤袋，向我招手："走吧。"

我和闫红波以及另外的一位同事，一起走出了运行服务部。

"怎么，不舒服了？"

"不是，我的嗓子自进了运动员村就一直没好过。亚运会的时候，话都说不出来。直到亚残运会的时候才慢慢好了一点。前几天，梁部带了些罗汉果给我们，我们正好可以泡水喝，让嗓子稍微舒服一点。"

闫红波看了我一眼，似乎看出我还有些疑问。他又继续说了下去："一个杯子装不下多少水，我们有时一天在外，直到下班才回办公室，一天下来，说那么多话，一杯水哪里够，全靠这些瓶装水。这些可是能救命的水。前几天刚刚开始拉物资的时候，很多负责物资转移的工作人员到部里办手续，他们也是又忙又累，运动员村附近又没有营业的超市，一见到办公室里有瓶装水就每个人都拿一支，部里的存货一下子就没了。我们都断了一天的水，在办公室里还有桶装水喝，在外面如果没有瓶装水，根本就找不到水喝，一天下来，人非虚脱不可。"

"那怎么办？"

"那天在对运动员餐厅进行物资清点、转移的时候发现在餐厅的仓库里还有十几箱瓶装水，后来打报告，把这些瓶装水划拨给了我们部门。"

"真是不容易啊！也是，离1月31日移交也没几天了，还有那么多的工作需要去做，时间过得真快。"我突发感慨。

"其实，梁部那句'再坚持最后几天'并不是现在才说，他从一开始就这样说的了。"

"哦，为什么？"我有点不解。

"从一开始我们进场做准备工作的时候，到准备开村的时候，再到亚运会期间，亚运会–亚残运会转换期间，亚残运会期间，一直到现在，他总是在说这句话。"闫红波解释道。

"这是他的领导方法，给部下鼓气。"另一位同事补充到。

"是啊，这么多的工作，不鼓气怎么行。只不过，这回是真的再坚持最后几天了。"闫红波的话中，略带一些伤感。

走出国际区，走进运动员村的四区，这里是闫红波负责物资转移的区域。四区，是运动员村四个区中面积最大的区，是入住运动员最多的区，也是亚运会和亚残运会时中国队的大本营。在亚运会期间，这里人声鼎沸。多少欢声笑语，似乎仍回荡其中。

而在深冬的这天，这里显得那么的冷冷清清，只是在41栋等几栋的4楼还悬挂着中国国旗。寒风中，偌大的庭院当中，几位物业保障部的清洁工人在仔细地清扫地面，几位园丁在细致地给草地和树木浇水，其余空无一人。

"其实我们也很不习惯，反差确实很大。"闫红波欲言又止。毕竟他在这里经历了太多太多。

我们继续往前走，走了一段路之后，看到在四区的各主要道路上，停满了各式各样的车辆。搬家公司的车、军车、小车……这些车都是用来进行物资转移工作的。在楼下，堆满了从各个房间搬下来的各种家具，有床、文件柜、桌子、椅子、衣柜，一些看上去像大件拼装家具的，已经被工人们拆卸开来，堆放在地上，等待装车。

已经是下午一点多了，有些搬家公司的工作人员正坐在凉亭里吃着盒饭，或者趁午休时间打个瞌睡，路边也有子弟兵在餐车前带队领盒饭和热汤。一个上午的物资转移工作过后，看来大家都累了饿了，正在抓紧时间休息，补充能量。闫红波走到每辆物资转移车辆旁边，找到负责人，一遍又一遍地重复着什么物资不可以搬。

刚刚转完一圈，闫红波的手机响起了，是从化民政局的来电。原来，从化民政局下属的养老院急需棉被，除了指定的物资之外，从化民政局想看看能不能额外再找到一些棉被。

闫红波觉得可能有点难，因为前几日，棉被已经被另一个区的民政局统一领走了，当时打开了位于地下停车场里的布草仓库，基本上都搬完了。如果要找，只能是一间间房去查，看看有没有遗漏的。闫红波回到办公室里，拿起41栋A的钥匙，和从化民政局的工作人员一起，一间接一间地开门检查。

……

这就是一个缩影。闫红波在四区负责运动员宿舍、地下停车场、居住服务中心的物资转移等协调工作。每个部门有其特殊的需要，除了指定的物资范围之外，经常还需要寻找一些特定物资。闫红波的手机每隔个四五分钟就响起，电话的那头总是想请他开门，寻找一些特定的物资。于是他就带着人一遍又一遍地奔走在四区的大楼中，上上下下。有时，他会发现产权中心的工作人员遗漏了一些需要转移的物资，急忙打电话通知对方转移。

运动员村的物资数量庞大，品种繁多，布局分散，物资总量占了亚运城物资总量的75%。参与物资转移的单位有几十家，闫红波每天不是在接电话做协调工作，就是在四区的楼宇当中来回、上下奔走。

那杯罗汉果茶早就喝完了，虽然说四区离国际区的直线距离并不远，步行大约也就是十五分钟。但一个接一个的电话，让他无法分身，渐渐声音又嘶哑起来。他从裤袋中取出瓶装水，才喝了一口，电话又响起来。产权中心的工作人员到了，需要转移物资，他又急匆匆地向居服中心走去。这就是他在这段特殊的时间里的工作状态。忙碌的程度丝毫不亚于亚运会期间。时间总是在不知不觉中流逝，一转眼已经是下午四点半。渐渐地，手机安静了下来。

"今天算忙完了吧。"

"没呢。这批车把物资拉回去之后还要再返回来，像是花都、从化、增城、萝岗这些距离比较远的区，回去又回来，一般都要两个小时以上，大约七点半就会回到村里，再搬一个车次。运动员村的物资很多，现在每天至少都要来回拉3趟。刚才从化民政局的负责人跟我说，他们所负责的物资运了3天，才运了三分之一。大卡车看起来很大，但其实装不下太多的东西，书柜、床垫都是很占地方的，一辆车只能拉20个书柜左右，再加几张床垫。明天起，他们还要加派人员。"

"那你什么时候下班呢？"

"我们正常是五点半下班。不过，遇到任务就要轮流值班。今天晚上估计又要到九点半了。"

"晚上吃些什么？"

"今天晚上应该也是在门岗处吃个泡面加饼干吧。"

冬天的广州，昼夜的温差很大，中午的时候能有十多度，多穿一件衣服都会热得难受；到了傍晚，只要太阳一下山，气温就直线下降，呼呼的北风在空旷的村中横扫一切。

在这曲终人未散的情境下，是什么让他们能继续一丝不苟地工作？运行支持部的同事大多都已经回到各自原来的单位了，和闫红波一样从广百集团抽调来的同事也基本回到广百集团了。他们9个人和梁宇一起，因为工作的需要，留守在村中。其实留守在村里的人，何止闫红波和他的同事们。

物业保障部的范银忠经理和胡春娥经理也都还在。范工和娥姐还是像亚运会期间那样，认真仔细地工作着。

采访结束的时候，范工和娥姐特意让同事开着车，载着我围着运动员村又转了一圈。在车上，他们不停地指点着大楼，不断地诉说着那些珍贵的记忆。

运动员村中的村长院和岭南水乡受到人们的一致好评。可谁又知道村长院在设计的时候，为了取得最佳的设计方案，设计方走遍了珠三角著名的岭南风景名胜，像是陈家祠、余荫山房等。为了追求效果，还对古代遗留下来的青砖切片进行研究，力求做出来的效果一致。做浮雕的时候，他们换了一批又一批的师傅，因为有些师傅做出来的东西太现代化了，那不是他们想要的原汁原味的中华传统风格。

在居住区里，范工和娥姐总是东指西点的。大家一起下了车，走进电梯。一进到电梯，范工突然提高了声音："在亚运会期间，有一位知名运动员发了一条微博，大概的意思是电梯运行的声音太大了，影响到了休息。"

采访结束后，我找到了原文："电梯声音太大了，怎么了这是？第一天也没感觉到啊！大使和我正纠结呢！呵呵！晚上想想办法！"

"我们当时都很郁闷。我们的服务热线在村里是公开的，24小时都有人值班。除了我们的热线之外，还有VOC/VCC和其他各种的渠道可以反映情况。结果我们什么信息都没有收到。消息倒是发布到网上去了。"范工接着说。

"不过，郁闷归郁闷。还是要把服务做到位。我带着电梯公司的人到现场检查。全新的电梯，一切都好好的，没有一点问题。后来找来找去，才发现问题的根源：是语音提示的音量太大了。"

"一般的电梯里都会有语音的提示，一般小区里都会把声音调得很小或者是关掉。但是在这里，在亚运会后还要接待参加亚残运会的运动员。其中有些运动员是视力有问题，他们需要依靠听力判断到了哪一层，所以村里的电梯在前两天，刚刚做了语音提示的测试工作，把语音提示的音量固定在同一个水平。应该是音量大了一些，影响到运动员的休息了。"

"于是，我们又连夜把所有电梯的语音提示全部关掉，等到亚残运会的时候再重新打开。没办法，为了让运动员能有更好的休息环境嘛。"

出了电梯，范工和娥姐带我参观了一间运动员宿舍。夕阳西下，金灿灿的阳光穿透了落地玻璃门。顺着光线看去，隐隐约约地看见玻璃门上应该是贴了一层薄膜。

"这是防爆膜。"范工介绍道。原来在亚运会–亚残运会转换期间，为了保证亚残运会期间残疾人运动员的安全，对所有的落地玻璃门、玻璃窗以及浴室里的玻璃门都贴了防爆膜，防止因玻璃的意外爆裂而造成运动员身体的损伤。在两天之内，防爆膜的生产厂家派出300多人的施工队伍，将运动员村所有宿舍的相关部位都贴了防爆膜，共贴了2万多张。

在阳台，我发现阳台和厅之间有一个小小的斜坡，原来这个房间的厅和阳台间存在着1厘米的高差。这对于正常人来说，算不了什么，也不会造成什么影响。可是对于乘坐轮椅的运动员来说，这1厘米的高差就会为轮椅带来极大的不便。解决的办法，就是增加一个小小的缓坡。在转换期间，范工和来自珠江监理公司的张总一起，带着人员一间一间宿舍地检查。有些是在厅和阳台之间，有些是浴室和厅之间，他们都一一记录下来，用3天的时间全部解决。除此之外，他们还要逐一检查，看宿舍中的把手、悬挂物品是否固定牢固，如果发现有松动，再进行加固处理，以确保安全。

……

他们总是有说不完的话，他们对这里的一切一切再熟悉不过了。

下楼，在大厅里，娥姐说："那时我和范工两个，在这里，坐着轮椅，其他的同事推着我们来回地走。"

"是啊，没有坐过轮椅，这些运动员的感受，我们根本就体验不到。所以我们那时就在这里转来转去，自己先找点感觉，先看看有什么地方需要改进。"范工随即做了补充。

是啊，虽然亚残运会期间的工作得到了中国残联的大力支持和业务指导，但是范工他们在此之前已经先自行解决了一大半的问题了，靠的就是他们自己的亲身体验，将心比心。

我们一行人，又回到了车上。

夕阳下，在娥姐乌黑的头发里，非常明显地看到一条条的银丝，额头上也现出一条条的皱纹。由于长期加班再加上通宵，娥姐的脸色并不是很好。她刚进入亚运城时可是乌发披肩、红光满面的。女儿心疼她，说："妈妈，你太累了，别干了，你的身体要紧，家里又不是养不活你。"

娥姐说起这事，声音颤抖起来："有时我真想放弃，但亚运在广州举办，我这一辈子就这一次参与其中。咬咬牙，我还是坚持下来了。"

娥姐这句话，代表了很多在村里奋斗的人，这是他们的心声。无论是运行支持部的梁宇部长、闫红波、沈阳君，还是物业保障部的范银忠经理、胡春娥经理，还有很多不愿意留名的工作人员，还有更多未被采访的人们，他们一直在运动员村里履行他们的职责，尽管亚残运会已经结束了一个多月。

这一大帮子人的努力，使得村里无论是在亚运会期间还是在亚残运会期间，或者是在亚残运会结束后的时期里，总是那样的整洁、美丽、安全、舒适。

这几天是他们在村里最后的坚持，为运动员村画上最完美的一个句号。再过几天，他们也将撤离运动员村，回归到自己原来的工作岗位。他们将把这种亚运的精神带回各自的工作岗位中去。夕阳西下，和他们告别后，我独自走出运动员村。他们实在是太忙了，这一天，他们对我说得最多的话就是："不好意思，招待不周。"但其实我是有幸的，见证了他们的执着。

10个月后，新书首发。人群中，我试图找寻梁宇、唐远静、闫红波、范银忠、胡春娥这些熟悉的身影，可惜一无所获。为此，我失落不已。

城的嬗变

3年后，在广百闲逛的我居然偶遇闫红波。再见面时，我没想到他能认出我，或许他也没想到我能认出他。两手紧握时，我那语塞的毛病又犯了，只好加大握手的力度。而他，亦然。

新村往事

城的嬗变

"白云路不在白云区，海珠路不在海珠区，黄埔大道不在黄埔区……"这梗不知从什么时候起传着传着就熟了，就烂了。

"你是土生土长的广州人，你写广州题材有优势。"每当听到这样的话时，我总是特别惶恐。我一遍遍地问自己："我是土生土长的广州人吗？我真正了解广州吗？"每一次我得到的答案都是否定的。

爷爷是马来西亚归侨，奶奶是上海人，外公是印度尼西亚归侨，外婆是延边人，父亲出生在武汉，母亲出生在蕉岭，而我出生在广州。潜意识中，我认为自己不过是广州这座历经两千多年的城市的一个匆匆过客。我在广州这里没有自己的根，像浮萍一样随着命运四处漂泊。无论是在盘福路的市人委大院、瑶台的省电子技术研究所，还是杨箕村的省轻工设计院，每一个地方都是由来自五湖四海的人组成。在这样的环境下长大，我总觉得跟这座城市的老居民们脱离了接触，却找不到机会去走近他们。

回想起来，我第一次比较深入地接触到的老居民，是荔湾老街坊。可是谁又能想到，接触的地方却不是在荔湾区，而是白云区。或许这就是缘分吧。那是不打不相识的缘分。

2001年，5月5日，晨。

风起了，将不远处白云山的雾霭送到了这里。

门开了，那是新村小区的大门。

人来了，一个个顶着金灿灿的晨光。他们拉着小推车，车上堆着大大小小的罐或桶，款式多种多样，里面的"宝物"只有一样，那就是从白云山上收集来的"仙露"。

148

卷闸门起了，哗啦啦地响。小区里唯一的小卖部开张了。那白发苍苍的老大爷如同往常一样不断张罗着。

小区新的一天又开始了。

这里位于广园新村，一个在广州城建史上还算是比较新的大规模社区。这里是一个小区楼盘，它建于90年代，伴随着广州房地产的起步而诞生。一切如旧，但每一天都是新的。

果然，这天有了新鲜事。一位老太太独自向管理处走去。在管理处任收费员的我见到她一下子就站了起来，比见到领导还紧张。我很清楚这位老太太是这里一帮老街坊的主心骨。前段时间，她可没少出难题。

但这天老太太笑了。我反而不习惯了，心就虚了。

"你有没有女朋友啊？"老太太一脸和蔼的笑容。

"没有。"我茫然地回答，一副不知所措的表情。

"我跟你说。小区外大马路尽头的桥底下，有一间士多店。店主是客家人。他的小女儿正在找对象。我觉得你人挺好的，不如去见见人家？"老太太说个不停。

我没想到她居然会说我挺好的。这和此前老太太对我的态度简直就是天壤之别。

一个月前，刚刚到任的我正在一家家地上门收管理费时，那却是另外一个情景。

老太太住在小区C区1号楼一个背对小区花园的单元。

"咚！"门敲得很轻，声音还闷在房间的木门里，闷闷的。那时已经是晚上八点多了，我之所以选择这个时间，是因为这个点业主基本上都吃过饭了，比较方便。

"哒，哒，哒。"里面传来拐杖碰击瓷砖的声音。这声音可比我的敲门声脆多了。

人生地不熟，头一回与业主面对面的我，一切都是那样的拘谨。特别是来之前，同事已经告诫说这一户是坚决拒交管理费的钉子户。

"请问有人在吗？我是管理处的，上门收管理费。"

话音未落，门开了。但迎面而来的是一根拐杖，我退了一步。老太太的鹤形身影才出现。

"收什么收？"老太太把拐杖当成剑不停地在我的胸前比画着。

"我问你，这个月的水费公摊是多少？"老太太把两个大眼睛瞪得滚圆。

"230元。"我回答得战战兢兢。

"七八年了，每次收水费公摊都要200多。不要跟我说什么自来水总表后管道漏水要大家分摊。我就问你，你们光收管理费，公共的设备就不管了？那我还交来干什么？"

"公共维修的费用应该是维修基金出的。"我壮了壮胆，轻声回了一句。

"维修基金？你见到了吗？你才来了几天啊？以前的事情你知道吗？还敢跟我提维修基金。问问上一任物管公司是怎么回事吧。你不要敲门了。这个问题不解决，我们是不会交管理费的。"

门被关上了。虽然不是很暴力，但是依然敲碎了我的玻璃心。

那时我才22岁。那是我的第一份工作，也是第一次的调岗。从一个熟悉的地方突然来到一个完全陌生的地方，人多多少少还是会犯怵的。此前，我在一个位于海印桥附近的东晓苑小区当小区主任助理。名字好听，其实就是小区收费员兼办公室文员。

那小区位于硫酸厂旁边，一直受其所困。每到中午，厂里就会排放废气。那废气遮天蔽日，不但腐蚀门窗，也腐蚀着被同事们"使坏"而每天中午被安排巡楼的我。果然，没过多久，我的每一次呼吸都在提醒肺部的存在。

盼啊盼啊。当硫酸厂摇身一变成为富力千禧花园，那常年乌黑的马涌变得清澈，许多不愿意交管理费的业主都纷纷主动补交时，一纸调令却改变了我的人生轨迹。

于是，迷茫的我来到了完全陌生的新村小区。

这里绿树如茵，我却突然怀念起原来小区被四周高楼所遮蔽的方方正正的院子。这里靠近白云山，空气清新，但我总是不自觉地想起昔日硫酸厂每天中午排放的浓烈工业废气。这里离家更近，但心的距离却更遥远。环境是新的，业主是陌生的，连同事不管是小区主任、水电工，还是保安队长都没有一个认识的。报到那天，我走到管理处的铁闸前，看到在不大的空间里，公司布置了四张桌子。除了最后一张坐了人之外，都是空空如也。

那人突然站了起来。他很高，很壮，笑起来也很甜。他走了过来，把手放在身上擦了擦，热情地跟我握了握手，说："我是这里的电工，你叫我阿林就可以了。以后我们就是同事了。"放置好物品后，阿林带我在小区里四处走走。

路面坑坑洼洼的，公共设备也是良莠不齐。路边的石凳上，坐着一位位摇着大蒲扇的老大爷们，我一直在打量着他们。有时，人总是很难按照自身的想法去发展的。既来之则安之。刚到小区的那几天，我每天都在安慰自己。一般来说，目睹会更胜于耳闻，但是几天过去了，这里却是听到的比看到的更为复杂。

最突出的就是管理费的拒缴问题。上一任的物业管理公司就是因为这个问题而主动撤离的。他们走了，问题依旧存在。每天都有许许多多的业主到管理处向新的物业公司反映问题，渐渐地，我对这里的情况大概有所了解。

小区是20世纪90年代初在广州市白云区兴建的首批房地产项目楼盘。当时正是广州房地产在改革开放后第一次的蓬勃发展时期。位于广园新村、毗邻老白云机场的它，吸引了大批来自四面八方、情况各异的人们。他们来到这里的原因不一，在小区里的分布也分成了4个区域：A区是当时高价购房的境外投资者，B区是在广州改革开放过程中首先富裕起来的新一代以及原址回迁的居民，C区是广州地铁一号线异地安置的西关老街坊，D区则是来自地铁公司的领导和工程技术管理人员。

A区是投资房，平常很少人居住，管理费虽然平时很难收，但有拖无欠。但其他区域的业主们每天都生活在这里，他们对小区设施的日常维护和正常使用都有很大的意见。

是设计问题，还是工程质量问题，抑或是物业公司后期管理维护问题？10年过去了，究竟是什么问题，谁也说不清。业主们的抱怨像滚雪球一样不断膨胀。

但或许这不过是导火索罢了，深层的原因或许和我多多少少有点相像，那就是进入一个陌生环境后的不适应。这些来自荔湾区的老街坊们已经入住了几年，尽管时间已经不短了，但是与其在荔湾的几十年生活相比，这又太短暂了。这个情况很明显，在这批业主中年纪越大的越是这样，反而年轻的业主很快就调节过来并融入新生活。光是每天早晨都有一群人拿着拉车回荔湾区买菜就是一个例子，或许他们去买的并不仅仅是菜，也是去见见老朋友，抚慰那一份"乡愁"。毕竟对于C区的每一位业主而言，他们为广州市的城市发展做了牺牲，政府也做出了补偿，但是那份"思乡"的情结既不会凭空诞生也不会自动消失。当在"异乡"受到"不公平"待遇时，问题也就自然而然成了死结。或许这些问题的根源都是在于归属感的缺乏。

新的物业公司进驻了，事情就能有所改观？我显然不这样认为。公司给出的指示是，无论如何要在最短的时间内将管理费的收取率从20%提升到55%以上。为此，双人组两人每天晚上都去"扫楼"，但除了收获一顿骂之外，毫无益处。

我很绝望，似乎又回到了那"硫酸厂不搬，我们就不交管理费"的死胡同中。这次情况更惨。再大的硫酸厂也抵挡不住市政府要改善环境的决心，终于还是迁走了。但是那深埋小区地下的自来水供水总管呢？没钱、没人、没设备，每天就靠着电工阿林拿着电筒敲着水管，用听觉来猜测漏水的位置，这是一场无止境而且结果不可预知的搏斗。

又一个黄昏，在经历了一整天与业主的漫长拉锯后，我想放弃了。这时，位于管理处对面的士多店的门口突然出现了一张四条腿大概一米高的木椅。这是一张改造过的木椅，凳面上安置了两个半圆形的把手。握在把手上面的是两只圆润的手，是士多店老板娘的手。

木椅重重地砸在台阶下的地面上，老板娘的身躯也离开了铁皮凉棚的阴影，显了出来。她穿着黑色上衣、灰黑色的裤子，连鞋子都是很沉的颜色。她的神情很凝重，满头大汗。比她的神情更凝重的是她的双腿，就像木头棍子一样僵硬。她艰难地走下台阶，一挪一挪地往前走着。走着难，转弯更难，再普通不过的转身，她也要花上十几分钟，然后又挪步返回士多店。她用全身的力气摆脱木椅，重重地坐在凉棚下的藤椅上。这时的她，就会从旁边小木柜的抽屉中取出一把木梳子开始用力地梳头。

"轰隆"一声，我把管理处的铁闸拉下。终于下班了。这天我终于可以休息一下，不用晚上加班去收管理费了。因为公司已经彻底明白，加班也没有用。

最爱喝可乐的我，走到士多店前，跟老板娘说："我要一瓶可乐。"

老板娘回了一句："自己拿吧。"

老板娘是我进小区以后跟我正常说话的第一人。

此前我每天去买可乐，老板娘什么话都不说。直到有一天，刚好外出办事回来的我，见到老板娘无法转弯时，伸手扶着老板娘说："我帮你一下。"

老板娘愣了，然后马上拒绝说："不用。"

我明白，这是因为前两天她和她先生说过交管理费的问题。但我想错了。

"谢谢你！但是我要自己来。因为一切都要靠自己。"老板娘的脸上露出了坚定的神情。

那天，我坐在凉棚下的椅子上喝可乐。老板娘在不断地梳头。我才知道老板娘前不久刚刚中风，现在正在做康复训练。

老板娘梳头的力气太大了，感觉都能把头皮刮下来了。

"太大力了，很痛的。"我说。

"痛不怕，越痛才越有刺激效果。"老板娘继续发狠地梳头。

我们那天聊了很久，直到士多店老板抱着一堆不知从哪里捡来的木头回到店里。

"呲——"可乐开了。郁闷的我猛地喝了一口，看着老板娘，突然飙出了一句："老板娘，你觉得天天梳头有用吗？"

老板娘显然没想到我会问这样的问题，愣了一下才说："有用。肯定会有用的。"

我的眼睛忽然亮了一下，似乎也精神了一点。

"煎熬"仍然在继续。"五一"假期转眼就到了。假期对于物业管理从业人员而言有着特殊的意义，越是人人尽欢，越是需要他们坚守保障。本想趁着假期多走访几户业主，可惜"美梦"被滂沱的大雨摧毁。

下午大雨稍歇。物管经理走过来拍了拍我的肩膀，说："今天天气不对，辛苦你和阿林值守一下。有事随时给我电话。"还没等我回过神来，经理已经骑着他的大摩托扬长而去。

当雨水再次落下的时候，我们才知道此前的不过是"前菜"而已。一场狂风暴雨彻底打破了小区表面上的风平浪静。

下水道完全失去功能。如果你猜是垃圾堵住了下水道进水口，那么恭喜你答错了。那时，所有的井盖都变成了狂暴的喷泉。不仅仅小区是这样，就连外面的大马路也是深海一片。水位在半个小时之内，从我的脚脖子升到了膝盖。大院中几乎所有车的轮胎都被淹没了。没有人走出家门试图挪车。这还是小区内相对较高的地方，在最低洼的C区，水位已经到达大腿中部了。我和电工阿林两人在"天然泳池"中艰难地向C区"游去"，要赶过去看看C区住户的电箱是否安全。

这时的C区已经变成一个孤岛。已经涨到大腿根部的积水封锁住C区唯一的楼道出口。一楼安放在墙上的电箱和各家的电表距离水面大概也就一拳的距离。狂风将雨水刮进电箱，瞬间产生电弧火花。

"喂！供电局吗？我这里是新村小区C区。现在水都快浸到电箱了。你们能不能过来处理一下？"我在雨中和雷鸣比大声。

"不行啊！到处都水浸了，过不去啊。你们管理处守在那里，不行就断总闸，整个小区断电吧。我们要等到水退才能过来啊！"对方也是吼的。

"那你在这里守着，我去总电房，看到情况不对，马上打电话给我，我马上拉……"话都没说完，一道闪电划破晚上十一点的夜空。

两个人都不禁打起了冷战。如果这闪电打到这附近，这两个泡在水里的人还不得"光荣"啊。

阿林是游着走的。

我则是旱鸭子，走到距离电箱大约十米的地方，撑着伞，远远地观察。我知道自己雷雨天在水中举着伞就是一个引雷针，但是前怕触电不能进楼，后面又无退路。这时，正对着楼梯的203房门开了。老太太穿着睡衣走了出来，下楼梯，在距离水面只有几级台阶的地方停了下来，蹲下她那鹤形的身躯，看看还冒着电火花的电箱，又瞅了瞅站在水中的我。

突然，她朝我挥了挥手，示意我离开。

我马上大喊了一声："阿婆！快回去吧！小心触电！"

老太太愣了，盯着我看了一阵，才慢慢站起身来回到房间。

熬到5月2日凌晨，各大"喷泉"终于有点减弱的意思了，雨也渐渐停了。但高位的积水一直到将近四点才算基本退去。我瘫坐在总算重新露出来的花基上。阿林慢慢走了过来，说："我背你出去，到大马路上打个车回家休息换身衣服。"

"不用，我自己走。"

"来吧。还废什么话。"阿林不由分说就背起了我，向小区外走去。小区外还有许多地方积水未退，阿林背着我一直走到了柯子岭牌坊，直到将我送上计程车。我以为自己会病，但没有，在补休一天后，又回到了管理处。

我刚刚坐下，那C区1栋的老太太又出现了。她走了进来，一句话也没说就是盯着我看。我局促不安，过了一会后终于开口问："您找我有事？"

"交管理费。"老太太脱口而出。

我还以为自己听错了。

"说清楚，以前的我不管，你什么时候来的我就从什么时候交。"老太太一个字一个字地蹦出来。

"好啊！"我笑了，那是一种发自内心的笑。

老太太也笑了。

午休时分，我再次去士多店买可乐。脚因为之前长时间的浸泡发白起皱，有些地方还破了。

"你等等。"说完这句，老板拿起一把镰刀，割下一块芦荟，递给了我，接着说："拿去涂抹一下，冰冰凉凉的，还能消毒啊。"

自那以后，来交管理费的人渐渐增多了。虽然都是从现在起开始交，但总比不交强。我也和大家越来越熟络，离职的念头也渐渐打消了。

……

秋日夕照下，小区的门口站着一个拎着包的人。这人就是我。这是我

城的嬗变

在这上班的最后一天。因为管理费的收取率始终不能达到50%，也无法追收以前拖欠的管理费，公司撤出小区，整个管理处解散，我也被解雇了。

那天，站在门口的不仅仅是我一个人，老太太、士多店的夫妻俩、阿林，还有好些街坊都来送行。我突然觉得很温暖，觉得自己在这里没白干，或许这么多年后，我第一次找到"根"的感觉。

现实总是如此残酷，刚刚找到感觉就要别离了。在眼泪将流未流之际，我拱手告辞，离开了这仅仅工作了4个多月的新村小区。

2019年春。我又站在新村小区的正门口。门口有座写着小区名字的假山，那是多年前我和阿林等人一起堆砌的。我紧跟别人的脚步迈过小区的智能门，进入这已经阔别18年的老地方。我沿着主路，走过D区和C区，这里已经粉刷一新。道路两边已经看不见老人们的身影，取而代之的是一位位年轻的妈妈和她们天真烂漫的孩子们。曾经水浸的低洼处已经填平，阿林往日的宿舍已经改为管理处，当年的物业管理经理部现在变成了居委会，只有楼下的幼儿园还在，但变得更漂亮、更现代化了。我的步伐没有停下来，走过A区，看到好几栋房子都加装了电梯，外墙也是焕然一新。楼下以往大门紧闭的商铺，如今也摇身一变成为各种托管中心和音乐教室、画室等青少年教育机构。B区的变化也不小，过去的管理处现在是一间舞蹈教室。对面那铁皮棚士多店还在，只不过我来得太晚了，士多店已经打烊了。门缝中透出一丝光，隐隐约约看到里面一家人围在一起吃饭。只是不知昔日的老板、老板娘是否安好？

我离开小区时感到很开心，因为小区比起18年前变好了很多，可又多少有点失落，因为连一个熟人都没见到。但时光冉冉，岁月静好。相濡以沫，不如相忘于江湖。

158

古戏薪传

世事，总是充满了矛盾。

一次次的采访，是否让我增加了对广州这座城市的认知？答案自然是肯定的。但如果换一个问题：这些故事有没有增强我对这座城市的归属感？答案却是否定的。

因为从本质上说，我依旧是那个大院里的孩子，只不过稍微有一点点的改变。那改变发生在2003年。

"不是说客服只招女生吗？"已经躲在培训室角落的我，还是逃不掉同事陈寒的逼问。心中的万语千言，最后只化作"嗯嗯"两字。原本应聘计算机和网络维护岗位的我，报到的时候却被分到了客服部。那时我的第一反应就跟多年后第一次接到写报告文学任务时的反应完全一样，那就是"辞职吧"。但冲动的魔鬼很快就被干瘪的荷包所打败。我很快就跟大家学习怎么做财务报表，进行数字小键盘的加强训练，摸索安装使用客服软件，只不过我还多了一项任务，那就是负责电脑组装和组网。一个多月的培训后，我就走上了政务服务软件的客服岗位。那些年，公司承接的是市局和各区分局的企业网上年检软件技术和客服服务。当所有人都信心满满，试图在第一年全面网上年检中大展身手的时候，事情远远没有想象中的那样顺利。

第一天上班，我就因为业务不熟悉，被领导教育了一个多小时。第一次为企业提供上门服务，在网易的总部因软件设置不合理导致数据始终无法录入……

尽管有着诸多的不顺，对于个人而言，我却是第一次在不到一个多月的时间内，几乎走遍了广州市的各个行政区。我第一次与整个广州有了如此大范围的接触。

那天，全公司的人都停下手中的活儿来到会议室旁的电视机前，收看广州市政府第一场关于非典型肺炎的新闻发布会。还记得，会还没开完，公司总经理马总就一边将手插进西装口袋摸着车钥匙，一边往公司外面走，嘴里还叨唠着："我找些熟人，看看能不能买到点口罩和板蓝根。"几天后，他拿着一大箱子口罩和板蓝根，每人分了一包。

那天，公司开年饭。已经喝醉了的李经理将酒杯高举头顶，狠狠地摔在地上，在刺耳的玻璃破碎声中大吼"岁岁平安！"那天晚上，他反复说得最多的一句话就是："所有人都回来了，我真没想到。"

那些日子，不管走到哪里，都能闻到浓烈的醋味。我自己买过最贵的一瓶普通白醋，身价已经翻了好几番，18元一瓶。

3月15日消费者权益保护日当天，市政施工队将市局的总线缆挖断，那些无法赶在截止前报送资料的企业瞬间将客服电话打爆，傻乎乎的我站在客服部的办公室里，耳朵早已被四周的电话铃声塞满，只觉得人也快要爆炸了。

4月1日，当我忙了一天，在新塘返回广州的大巴上昏昏沉沉的时候，突然从手机上收到一条短信："张国荣跳楼了。"这么晚了，谁还开这种愚人节玩笑？我自言自语地合上手机，继续迷迷糊糊地睡去。到家的时候，打开电视，突然各种新闻报道扑面而来。

那天，八点多才到家的我，打开小房间的门，鞋子都没脱，脚都没离地就斜着倒在床上。母亲走过来说，姥姥问你为什么这么久都不去看她。我躺在床上有气无力地答："我每天走来走去的，都不知道身上有没有病毒，不想带去给姥姥。"

……

环境有大也有小，两者对个人都会产生影响，只是大小和方式有所不同罢了。工作的性质，给我与不同人直接接触的机会。我必须每天跟不同的人打交道，也必须在广州的不同行政区之间来回行走。渐渐地，人们的喜怒哀乐和各地的差异，逐渐让我对广州开始有了归属感。

于是，在写了几年广州市城市建设题材的报告文学后，我将目光转向了广州本土的风俗和文化，我希望借此找到属于自己的根。

人生总是这样，不管是否愿意，一个指令就会让人面临不同的处境。世事本无好坏，但在人的脑海中好坏仅在一念之间。我是一个消极的人，相信既来之则安之，总是觉得不管主观上是否愿意，总要做点什么，不要辜负这段转瞬即逝的光阴。

什么叫赶鸭子上架？我算是深有体会。那天突然接到一个任务，要在《小艺术家》上发表一篇关于粤剧前辈叶兆柏先生免费教小朋友学粤剧的报道。从2011年粤剧中国保护中心正式成立起，我认为我这个门外汉的工作范围一直都只会在拍照和准备会议材料上，压根就没想过会跟粤剧有真正意义上的接触。

话说多了会露怯。一个土生土长的广州人又怎么会跟粤剧没联系呢？还真是打小就没接触。那些年，省电子技术研究所的叔叔和大爷们，终于受不了我们这帮熊孩子四处捣蛋了，下狠心将我们几个一起放在位于仓库边上半地下室的休息室中。沿着一楼长长的走道，在尽头往下走十多级台阶，走进大门就是那长方形的休息室。一入门口就看到一张长沙发，它将室内分成一大一小两部分。大的那边，靠墙的地方都摆着书柜，四周还零散放着几张桌子。正中间放着一张独脚的桌子，桌面四周被两三厘米的厚边包着，桌面上印着象棋棋盘，桌边的四个角都有洞，洞的下面是网袋。桌旁还放着圆圆长长的杆子。印象中，也没什么人会在上面下象棋，都是用杆子撞棋子来将其他棋子轰入袋中。小孩子哪里懂得什么角度、走位的，他们信奉的只是大力出奇迹。木质棋子的撞击声此起彼伏，让人头疼。父亲让我读的《三国演义（少儿版）》和《水浒传（少儿版）》，压根就读不进去。为了应付父亲的抽查，我说放飞天罡地煞是后面的事情，气得父亲话都说不出来了。其实也不是没看，只是太吵了记不到脑子里。

而管理休息室的阿姨，跟我们对抗也是自有妙招。她将休息室的小空间变成自己的小王国。在长沙发的对面是一部大彩电，不记得是多少寸了，总之比起那时我家的那台14寸大得多。电视虽好，但跟我们没有任何关系，因为阿姨只用它来看京剧。也不明白，为什么阿姨会有那么多的京剧看。我曾经问她为什么她只看京剧。阿姨义正词严地说："京剧多好啊！不像其他的那些戏乱七八糟。"父亲的同事来自五湖四海。我父亲喜欢听相声，我那些年也试着跟录音带学相声，还在研究所里表演。在那之后，一位阿姨送了一盒豫剧的录音带给我。为什么？已经不记得了。那年听了很多次，但最后也就记得一句台词"当官不为民做主，不如回家卖红薯"。那些年，收到的录音带还有黄梅戏，就是从来没有粤剧。多年之后，我从来都没想过，和粤剧的缘分就因为一个"命令"正式开始了。

早上八点的宝华路和两个小时之后的简直就不是同一个地方。从长寿路地铁站出来，路两边一间紧挨一间、不放过任何空隙的商铺，此刻还在安安静静地睡着。沿路开着的店几乎都只有一个功能，就是为了填满路人空空如也的五脏庙。而这些店，无论是卖云吞面、牛腩、拉肠还是油煎饼，总会或多或少有拄拐杖的老人点上一碗白粥或一碟拉肠，然后坐在位子上咂摸着滋味慢慢吃，让早已习惯狼吞虎咽、恨不得一口就全部塞进嗓子眼的我惭愧不已。吃完早餐，路上的人还是不多，但之前还关着的店铺已经陆续开门，里面的人正在有条不紊地摆放各种商品。仅能容两人擦身而过的狭窄人行道，此刻还是显得那样的绰绰有余。

在宝华路的尽头，向左转和向右转是两处截然不同的风景。左手边是光鲜亮丽的第十甫路，那里粉刷一新的骑楼下，是各大老字号和名牌的门店，人们在路口汇集，走在骑楼下，走在马路上，走向不远处的下九路。而在右手边的恩宁路，有早已停业的金声电影院，还有装修老旧的铺面，勉强挤进骑楼下的微弱阳光打在挂满了一墙的暗黄色铜器上，反而令它们显得更旧了。这里的门店稀稀拉拉的，铜器店、饭馆、门市部和幽暗又断断续续的骑楼串联在一起。

像那路中央平地而起的大斜坡一样，过了顶峰之后，越往前走越是感觉冷清。但那是一支无法回头的箭，活接了，事要做好，至少要尽力。

尽管我对粤剧可以说是一无所知，但我还是知道八和会馆在粤剧中那举足轻重的位置。只是没想到，它旁边的废品收购站不但塞得满满当当，更是在人行道中铺了一大片，直接逼得人们要走出马路才能通行。

快了，坚持一下。地图软件显示目的地很快就到了。过了一条巷子不是，过了两条巷子也不是，当走到一条有石牌坊的巷子时，看着那牌坊上的"永庆坊"和"粤剧銮舆堂"，我知道到了。

不用迈进巷子，就能感受到残旧的气息。如果以第十甫路为标准100分的话，永庆坊牌坊外的恩宁路能勉勉强强打60分，而里面的世界大概就只有30分。在巷子里，唯一较为完好的就是脚下的麻石路。巷子很窄，仅能两人错肩而过。这里的房子，不是这家的木门烂了，就是那家的墙壁大面积"脱皮"。远处那弯弯的巷子深处，更是到处都是残墙和碎砖。让人眼前一亮的是，第二条小巷子与另一条巷子交错处那从墙上蜿蜒而下的三角梅，虽然此时还没开花，但已是这儿最美的颜色了。在小巷深处，不断传来人声。一条厚厚的红色练功毯铺在并不平整的麻石路面上，一个个面带稚气的孩子按照老师的指示在练功。老师的侧后方，有一张小方桌和一排高板凳，凳上坐满了人。他们边聊天，边看着孩子们。

应该是这里了。我拿出手机，拨打联系人的电话。不久，一位老人快步向我走来。

"张生，是吗？"

"是的。"

"我叫单来广，他们都叫我广叔。很高兴能够见到你，我们认识就是缘分。"

虽然没问，但是我大概知道他已经70多岁了。他的个子并不高，也就一米六多一点的样子，有点驼背，头发已经十分稀疏，岁月在脸上留下了深深的沟壑。他的笑容很温暖，原来就不大的眼睛被挤成一条线，牙反而全露出来了，缺了不少。

"而家（现在）小朋友正系度（在）练功，我先带你参观一下銮舆堂。"广叔边走边说。

"好啊！"我一边走，一边赶快跟坐在小方桌旁的叶兆柏老先生回礼。我的到访正是因为柏叔的邀请。

我们从孩子们的身后穿过，跨过门槛，走进了銮舆堂。在沉重的木门旁，放着一个木人桩，那是粤剧艺人一百多年来练功夫的工具。銮舆堂呈一个方方正正的长方形，一共三层，第一层大厅的正中铺着厚厚的红色练功毯。在它的两边，一边摆着长长的木沙发，沙发上方的墙面挂满了众多与銮舆堂相关的粤剧名人照片。对面的大镜子已经占去超过一半的墙面，镜前还有一支长长的练功杆。

此时，在并不宽敞的大厅中，一位老师正带领十多位孩子练功。孩子们有大有小，有男有女，分成两列，正在跟着老师的指令踢腿。他们大都是上身一件 T 恤、下身一条运动裤，可是不管是谁，腰上必定紧紧地勒着一条白色的练功带。

广叔带着我绕过了孩子们，来到大厅的尽头，转个弯就登上了楼梯。二楼是办公室，是平常开会办公的地方，跟一般的办公室差不多。我们没有在此过多停留，转身继续沿着那只能一人通过的狭窄楼梯上行。二楼、三楼的面积都不大，仅仅是一楼的五分之一。踏进三楼的大门，我发现这里简直就是一个大库房，扬琴、大铜锣、高胡等等在这里一应俱全，但这些都不是最重要的，也不是广叔带我上来的原因。在门口的旁边有一个神龛，里面供奉着一尊神像。

"呢度（这里）供奉的是粤剧的祖师华光师傅。来来来，既然都来了，就上炷香吧。"广叔从神龛下面的抽屉里拿出3支香，环顾四周，边找边自言自语："打火机又放到哪里了？可能又是谁抽了烟，顺手拿走。"说罢，广叔从裤兜里拿出一个旧的打火机，说："先用我这个吧，回头我再去买。"

听到这句话，我其实蛮诧异的。作为粤剧八和会馆下属"五军虎"聚集地的銮舆堂，应该有专门的经费和人员负责打理，犯不上自己掏钱的。但我没有说什么。我只是接过广叔递过来的香，毕恭毕敬地给华光师傅上了香。不为别的，正如他说的那样，来了就是缘分，就要尊重这里的习俗。

下楼梯的时候，广叔走在我的前面。他走得并不快，还时不时地提醒我，小心别碰到头。快到楼下的时候，有一位老人走过来跟他说："阿广啊，嗰（那）个厕所的灯灭了。"广叔很快应了一句："知道了。我晚点买回来换。"我有点纳闷，眼前的他究竟在銮舆堂里面是怎样的一个身份？

再次回到一楼大厅时，孩子们的训练项目已经换了样。这时，他们在靠楼梯口的位置一个紧接一个排好队。老师则站在大红地毯的中央。

"来！"老师一声令下，一个小女孩快步向前冲，在老师面前俯下身子，双手撑地试图打一个空翻，但孩子的速度和力度都明显不足，根本无法完成动作。老师蹲下来，扎实马步，青筋暴露的手抓住孩子绑在腰间的那条白色练功带，另一只手快速将孩子翻了过去。

一个，两个，三个，四个，孩子们不间断地冲了过去。有些孩子，腿脚比较有力，也有些功底，老师只是搭一搭手，做安全保护工作。而超过一半的孩子则没有什么功底，基本上都要老师硬拉。幸好在火红的练功毯上还铺有厚厚的体操垫，就算落地狼狈，也能安全无恙。我跟广叔两人正坐在他们对面的长沙发上，看着他们。最开始我担心的是孩子们，但一轮下来我更担心的是老师。他身上的担子是那样沉重，没有人能够为他分担。

终于老师停了下来，拿出一根藤条比画着，给同学们示范讲解他们刚才动作中的失误之处，再次分解动作、提示要领。孩子们或蹲或站，一个个都乖乖的。

"集队！"老师一声令下，孩子们又迅速排列成两行。

"这周你们回去要多加练习，下周我要检查。下课！"只见孩子们马上立正，向老师深深鞠了一躬，齐声说："老师辛苦了！"

接着家长们蜂拥而入，跟孩子们一起将大厅里的体操垫和门外路边的练功毯全部都收了起来，仅剩下大厅中那块红地毯。所有的事情完成之后，家长们带着各自的娃换衣服的换衣服，喝水的喝水，现场乱作一团。一直在外面坐着的柏叔，这时也拿着茶壶走了进来。

采访工作这时才正式开始。孩子们都陆续换好衣服跟老师们挥手告别，这时有个壮硕的大孩子走到了我的面前。柏叔把这位憨憨的小朋友介绍给我，他叫鹏仔，是柏叔的徒弟。那年他9岁，已经小有名气了。柏叔向他传授粤剧传统剧目《芦花荡》，这是一出被《粤剧大典》收录的具有鲜明粤剧南派艺术特点的折子戏。柏叔当年跟粤剧前辈少昆仑合作录制该剧视频，30多年后已逾古稀的柏叔再次授徒传戏，以期将这一经典剧目传承下去。很快，他的这一举动就通过媒体传播了出去。就在前一个暑假中，中山大学的同学们特意来到銮舆堂，拍摄了纪录片《再闻芦花荡》。当得知同学们给柏叔拍的纪录片获奖了，柏叔也是笑得见牙不见眼，跟孩子一样。一传十、十传百，多家媒体纷纷前来报道。柏叔有收集资料的好习惯，随便就能拿几份报道给我看，但我只是稍微瞄了一下。作为一个很容易先入为主的人，我非常害怕自己会在这些报道中迷失，然后又写出一些几乎完全一样的文章。于是乎，我匆匆看过之后，就将之放在一边。

柏叔小心翼翼打开他那已经是半个古董的折叠VCD播放机。都已经是2012年了，没想到他居然还有这样的老爷机器。他开始播放。机器里斑驳的影像和已经褪去的颜色，展示着当年少昆仑老师和还是年轻演员的叶兆柏的风采。《芦花荡》是粤剧经典剧目《三气周瑜》中的一个折子戏，讲述的是张飞在周瑜兵败后，在芦花荡这个地方戏耍周瑜的故事。当年少昆仑老师演的是黑脸张飞，而柏叔当年则是白面周瑜。那时的舞台设计是那样的朴素，几乎没有什么道具，一切全靠演员的艺术功力。

"我哋（我们）开始排练了。"柏叔刚刚说完，广叔和鹏仔就各执一杆红缨枪走到红毯对角线的两端，高举枪身，准备开始。

我有一句话要问，但是生生咽了回去。但柏叔似乎看出来了，挥了挥手给我介绍道："阿广扮张飞，鹏仔演周瑜。"他一边说，一边按了VCD的播放按钮，瞬间尖锐的粤剧锣鼓声再次在銮舆堂的大厅回响。

戏里的两个人物，一个是百万军中，取敌上将首级如反掌观纹一般的猛将，另一边则是让百万曹军灰飞烟灭的儒将周公瑾。一个是奉军师之名设下埋伏以逸待劳，一个是兵败落魄形单影孤。这是一出张飞戏周瑜的粤剧南派经典剧目。如今这一老一少又该如何演绎呢？

扎紧裤头、身穿白色短袖衬衣的广叔正扎着马步，斜举着木枪，尽管背已经是拱起来的驼，但是他那浑浊的双眼就在锣鼓响起的一刹那圆瞪，眉头皱起，嘴一撇，喉咙里发出"哇呀呀"的声音。而他对面的"周瑜"鹏仔，人高马大。整套白色为主的粤剧戏服过于合身，将鹏仔绑得扎扎实实的。鹏仔虽然只有9岁，但是身高已经比广叔高出半头。他的台步明显没有广叔扎实稳当，但年轻力壮，气势不输。开场鹏仔一段独角戏后，很快就进入张飞与周瑜对打的阶段。

"啵！啵！啵！"两枪相击发出清脆而节奏感很强的声音。两人都用了很大的力度，两枪在撞击之后都在不停地颤抖。两人继续转圈，张飞战周瑜。"张飞"中气十足，但夏日没有空调的室内早就让他的额头挂满了汗珠。而年轻气盛的"周瑜"没有一丝的疲惫，一点都看不出败军之将的样子，怒目圆睁，大开大合！"哆！"这次的两枪相击时间点不对，声音比起之前小了很多。

在旁边观看的柏叔不禁眉头一皱。剧情很快就进入"戏"的阶段，广叔打飞了鹏仔的手中枪。鹏仔那壮硕的身体在练功毯上不停翻滚，以躲避"猛张飞"不断刺过来的红缨枪。急促的锣鼓声中，年迈的广叔抓住鹏仔的双腿并夹在腰间，硬生生地将鹏仔平举了起来。与地面持平的鹏仔发力拱腰，愣是将头抬到比广叔还高，然后就是一个造型亮相。

我非常诧异，这一段在之前的演示视频中没有出现。我很担心，毕竟这个"张飞"已经太老了，而别看鹏仔只有9岁，光看身材便可断定他的体重肯定妥妥超过110斤。广叔不但要举起鹏仔，还要扎稳马步转圈，所有的力量都集中在他那早就弯曲的脊椎上。转了一圈之后，"张飞"一个前送，"周瑜"一个前滚就瘫在地上。那"张飞"三次举枪，三次想了却这个与刘皇叔争夺荆州的祸害，但军师有令在身，只能戏不能杀，最终只能长叹一声，悻悻而去。伴奏终于停了下来，一老一少都不停地在喘气。

"鹏仔，过来。"柏叔虽然瘦削，可说话还是中气十足。"起啊（那）下，双手要撑一撑地，帮你契爷（干爹）省力气。佢（他）都70岁了，硬拉很伤腰的。仲（还）有鹏仔，你而家（现在）上过大舞台，上过电视，上过纪录片，系（是）唔（不）错，但要记住艺无止境。啱啱（刚刚）击打的时候就不在拍子上，表演要变化，该打开时就要打开，该收就要收……"

"你觉得点（怎样）啊？"满头大汗还喘着粗气的广叔走到了我的身前，那件单薄的白衬衫已经湿得彻彻底底。

"腰点（怎样）啊？"我没有回答广叔的问题。作为毫无粤剧知识的人，我根本无法判断好与坏。此时此刻，我更关心他的腰，还有他那已经泛黑的嘴唇。

"没事的，我哋（我们）从小就喺（在）门口的麻石地上练功。边（哪里）有而家（现在）的练功毯，个个都系咁（这样）练的。呢（这）点唔（不）算什么。"

"先换衣服吧，换完再说。"我催促着广叔赶紧去换掉那随便一拧就能出水的衣服。

"好！换完一起去吃饭。"

"唔使（不用）了。"

"我哋（我们）呢度（这里）就是这个习惯。练完功就大家一起去吃饭。一起聚下，倾下计（聊下天），来啦（去吧）！"尽管厚重的眼镜片让广叔的眼睛变得那样模糊，但其中的真诚是挡不住的。

"一起喽！"柏叔跟徒弟鹏仔交代完了，走了过来。

"唰！"銮舆堂的拉闸已经锁好，广叔在门锁上套上大铁链子，还拴上一把硕大的锁头。

"刚才的排练你觉得点（怎样）啊？不怕直说的。"换了衣服的广叔依旧不依不饶。

从銮舆堂走出来，广叔就一直在鼓励我，希望能听听我的想法。当走到永庆坊牌坊的时候，我总算是从牙缝里挤出了几个字，吞吞吐吐地说："广叔，你扮的张飞真的像，但系（是）鹏仔演的周瑜也像张飞。"我那断断续续的声音混杂在巷子深处拆墙的冲击钻声中，也是一突突一突突的。可是谁想，走在前面的柏叔转身走到我的面前："你讲得对。扮咩

171

（什么）就要似咩。"说完，大家都笑了。我这个外行人总算可以脱离这个尴尬的话题了。

路过八和会馆时，柏叔停下了脚步，倚着八和会馆那打开一半的趟栊，将头伸了进去，喊道："胜伯，一起去吃饭喽！"

不多久，一位精神矍铄的精瘦老人从黑漆漆的门厅里走了出来。"这位是胜伯，就是电视剧《万花筒》里面的胜伯。"广叔介绍了起来。"都过去了。"胜伯笑了，眼睛眯成了一条线，眼角露出几条细长的鱼尾纹。我们跟柏叔一起边走边聊，渐行渐远。刹那间，我想起来了。那是80年代在广州人人皆知的经典电视剧。

"胜伯之前是专业的粤剧演员。'胜伯'是角色名，真名叫孔宪珠，从粤剧院退休之后去参演电视剧《万花筒》。结果一下子名满全城。"广叔跟还在游离的我继续介绍。

"其实胜伯现在已经不住在荔湾区了。最近他家在装修，白天他都会回来，去陶陶居叹（享受）一盅两件，也会到八和会馆坐坐，有时也会过銮舆堂看看……"

后来，我去多了才渐渐明白，翻（回）西关已经是胜伯多年来的一个习惯，跟家里是不是在装修其实并没有多大的关系。而柏叔身边的那些人，无论是广叔还是来自粤剧学校的李老师，他们现在没几个人还住在西关，让他们回来的除了那份割不断的街坊情，也因为銮舆堂的那帮孩子们，当然也更是因为他们想把粤剧传承下去的那份决心。

风雨彩虹

我从来就没想过，会与被采访人结下如此长的缘。那时距离我第一次见柏叔已经3年了。这3年只要周末有时间，我都会去銮舆堂，见见孩子们，也看看广叔。

随着日子的推移，我在餐桌上逐渐知道了许许多多粤剧界的故事，当然也有柏叔和广叔的故事。

柏叔叶兆柏，著名粤剧丑生、广东八和会馆銮舆堂永远荣誉堂主。我对他印象最深是当年在采访粤剧折子戏《芦花荡》时的一段访谈对话。

"这个戏是至少有百来年历史的正宗传统戏，唱的是官话古腔，是粤剧祖师、太平天国时期"戏人封王"李文茂的当家戏。你说要不要传下去？"柏叔问。

"要！当然要。"

"哪有那么容易啊！最早我四处找人帮我一起教戏。别人问收多少钱，我说不收钱。你知道他怎么说啊？"

"怎么说？"

"我宁愿带进棺材都不教！"

"那您为什么愿意免费教呢？"

"我一家四代人都是吃粤剧饭的。粤剧养育了我，如果我为了赚钱就不把我知道的传下去，我下去了怎么去见教我的师傅呢？"

"但……"

"你以为我跟钱过不去啊！君子爱财，取之有道。有的钱一定要拿，中联办点名叫我到香港讲薛觉先的故事，我不想要钱，可中联办说是规矩，一定要给。有的钱就是不能要，我吃粤剧这行饭吃了一辈子，如果没有师傅当年的教导，哪有我今日。无粤剧就无我。我要是赚这种钱以后怎样见师傅啊！"

"我想请教一下张生，你觉得什么样的东西应该保存下来啊？"

"我觉得好的传统应该要保留下来。"

"对了！"柏叔招牌式地竖起了大拇指。

"确实，时代会变。很多事情在形式上一定会有所改变，但是好的理念是不应该变的。我要将至少我认为是好的东西传承下去，对错我不知道，但至少我做了。"

我喝着茶看着身旁正在练功毯上打着侧手翻的孩子们。整个早晨，练唱腔、身段基本功、排练，所有的一切都安排得满满的。柏叔和广叔是这么说的，也是这样做的。

"那最难的是什么？"

"最难就是人。我已经咁（这样）大年纪了，一个人边度（哪里）忙得过来啊！一定要揾（找）人。但系边个会应承啊（但是谁会答应啊）？一个个都问过，最后，我就叫阿广来。"

"柏哥一见到我就同我讲：有件事，你答应我先。咁（这样）我肯定要问咩（什么）事。柏哥就话（说）：'你唔好理系咩事（你不要管是什么事），总之答应先。'"

"咁都嘚（这样也行）？"我看着柏叔笑。

"我怕说了他不答应。"柏叔一边喝茶，一边鬼马地眨了眨眼睛。

"那你答应了吗？"

"答应了。"

"你不怕？"

"其实，我已经从师兄弟的口中大概知道是什么事。他想教小朋友粤剧传统戏。我也是行内人，虽然离开了很长时间，但是柏哥一叫我，我就答应了。"

于是，柏叔拉起公益的旗号，召集了一大批热心人士，在銮舆堂办起了"文茂戏曲班"，免费教对粤剧有兴趣的小朋友练功、排戏。但就算是在广州地区粤剧基础最为深厚的荔湾区，要找到愿意学习粤剧的娃儿也并不是一件容易的事情。在选择多元化的时代，不选择粤剧的理由比选择的理由要多得多。在这种情形下，第一批的孩子们大部分都是冲着强身健体而来，也就非常容易理解了。一天，在一次饭局上，一位老人带着孙子走到柏叔的面前，让孩子给柏叔行大礼，说想学粤剧。这让柏叔和广叔喜上眉梢。他们谁也没想到，在粤剧已经陷入低迷20多年的当下，居然还有人愿意主动拜师学粤剧，而且是练功最辛苦的龙虎武师。于是他们当机立断，接收了这个孩子，他就是鹏仔。

几年时间，鹏仔长大了。而广叔，自我认识他的第一天起，他的嘴里永远只有粤剧训练班的那群孩子们。"我有一个梦想！"平常不多言语的广叔每当说起这事的时候就像换了一个人，激情洋溢、滔滔不绝。

"我想办一个儿童剧团，让戏曲班的小朋友有一席之地。他们不但要练功，还要上舞台演出。我每天做的事情都是为了这个理想。"

广叔每一天都为此付出努力。柏叔的文茂戏曲班分文不收，但是整个团体是需要付出费用的。来自粤剧学校老师们的费用、銮舆堂日常维护的费用，灯油火蜡再少也是需要钱的，还有练功毯、体操垫，甚至是洁厕精、灯管，所有的费用都要有出处。而这个出处就是广叔的"荷包"。这些支出五花八门，尽管粤剧学校的李老师已经几乎不要费用了，但是来回的车马费多多少少都要给一点，不为别的，只是对粤剧和其所付出辛劳的一点尊重。而柏叔尽管是銮舆堂的永远荣誉堂主，但是他无法调动堂内的一分一厘，所有的责任就落在团体的大管家广叔的肩上。

"家人不反对吗？"

"开始也反对的。不过后来见到我坚持，他们也觉得我没有其他的爱好，就成全我想为粤剧做点事的心愿。"

他的默默奉献，所有人都看在眼里。越来越多的人加入文茂戏曲班。一天，一名学生拿着一包烟想要送给在一边喝茶休息的韦老师。韦老师本身就是荔湾区的公务员，也是一名粤剧爱好者。他每个周末风雨无阻地来到銮舆堂，免费带孩子们练功。

"给我做咩野（给我干什么）？我自己有收入。我看中你这点东西的话，就不会每个星期过来带学生上课了。不如自己找地方喝茶。拿回去！不用！好好练功最紧要！"韦老师狠狠批评那个给他送烟的孩子。

渐渐地，每个周末聚餐的人越来越多。负责教学的老师也从一个变成了五六个，孩子们也增加到了50多人。

随着队伍的日渐扩大，广叔的"野心"也越来越"膨胀"。他想组建正式的演出团队，想给孩子们更多登台演出的机会。他需要更多的专业老师，也需要更多的帮手。

但世事并不会一帆风顺。危机一个接一个地到来。首先扑面而来的就是拆迁问题。广州市要在荔湾区兴建粤剧艺术博物馆。这是令全行业兴奋的大好事。但谁也没想到，在拆迁的名单中，赫然出现了銮舆堂。

銮舆堂是八和会馆中重要的一部分，是粤剧业内龙虎武师的行业组织之地。柏叔还清晰地记得广州解放前修建銮舆堂时的情景。当时解放战争已经进入尾声，广州市内的物价不但飞涨，更是成了海鲜价——一时一个样。国民政府发放的钞票已经形同虚设，每一个小时的米价都是不一样的。当时，以物易物成了最为可靠的交易方式。于是，柏叔和师兄弟们每人挑着指定数量的米聚集到一起，用大米换回地契，并在此修建銮舆堂。改革开放后，銮舆堂年久失修，已经变成危房。柏叔南下香港募款，人生地不熟，但有幸得到罗家英等人的鼎力帮助重修大楼。这不单单是一幢三层高的大楼，更是粤剧武行人的精神家园。

"我就系（是）从銮舆堂出来的。练功、生活、做戏都离不开。有好（很）深的感情。70年代尾（末），我翻（回）来见到堂里面又破又旧，都伤透心了，同自己讲再也不回来了。后来，佳哥（粤剧名伶靓少佳）去世前，专门叫了我过去，别的什么都没说，就是叫我睇（看）住銮舆堂。之后我就回来跟着柏哥。"每当聊起粤剧的事，广叔总是习惯性地眯上眼睛，只是声音并不大，跟平常相比完全是两种状态。

可不是嘛，精神家园就要被拆迁了，谁都会难受。那些日子，只要有时间，柏叔和广叔就会到荔湾区政府找相关的领导反映情况，总算是等到了回复，銮舆堂不在拆迁的范围之内，予以保留。但是，四周的工程建设也让戏曲班不得不到处转战，寻觅场地。

此时，包括永庆坊在内的众多恩宁路街巷里的建筑的拆迁协议已经签妥，施工方开始施工。尽管柏叔和广叔都在竭尽全力保证戏曲班的正常练功与运作，但是场地、环境等问题已经迫在眉睫，急需他们给出新的答案。所幸，在韦老师等人的积极努力下，戏曲班得以在荔湾湖公园内长廊的一角安营扎寨。而銮舆堂只能用大门紧闭来抵抗外界巨大的施工声浪和无尽的灰尘垃圾。有时，柏叔甚至将自己家的天台作为给鹏仔加训的场地，韦老师还会借用餐馆的二楼在午市前给孩子们练功。

时间的流逝和年华的老去，让团队里的人都心急如焚，柏叔和广叔两人疲于应付各种随时可能爆发的危机。已经跟他们在一起好几年的我，也非常担心。尤其是广叔，他那紫黑色的嘴唇、像是蒙着雾霾一样的眼球、消失得越来越快的短时记忆……任何一样都令人担心。最让人担心的还是他常常挂在嘴边的那句话："我没有什么时间了。"

"喂，你要拉住他呀！他已经走失过好几次了。"那天发出嘶吼的人是鹏仔的爷爷老黄。而老黄嘴里的他，就是广叔。那天的少儿粤剧班训练后，我们又来到熟悉的餐厅坐下，吃饭聊天。

声音传入耳时，我的胳膊被紧紧地箍了一下，有点疼。扭头一看，武行出身、双眼通红的老黄牢牢握住我的手臂。

他不但手力大，音量也提高了好几倍。他的太太在一边紧紧拉着他另一只指着我鼻头的手，一边说："都叫了你不要喝酒了，少喝一顿都不行，真是的！"

"得了得了！我知道了！"老黄甩开太太的手，指着前面那个熟悉的背影，又冲着我来了一句："你要看着阿广啊！"

他的声音已经让我的耳朵嗡嗡作响，但无法穿过上下九陶陶居前密集的人流进入一瘸一拐的广叔耳中。

"我今年72岁了，柏哥78岁了，胜伯（著名粤剧演员孔宪珠）都走了。我们还能有多少时间？当年我们请行内公认的'筋斗王'过来教小朋友练功，但是翻着翻着他突然中风了。我们老了，身体每一天都不一样，所以我很急。"广叔面色沉重，整张脸都扭曲了。我知道他急，知道无论说什么都无法让他宽心，只好无言以对。那些年，戏曲班发生了激烈的动荡。有些孩子因为缺乏表演机会离开了，有些则转移了爱好，喜欢上拉丁舞而离开了，还有老师因为是按照传统的发声方式还是科学发声进行教学而发生激烈争论进而离开团队……先练功还是快登台？在这个问题上团队也难以达成一致意见。所有的人都要相互沟通、相互妥协，每一次的决定都不可能让所有的人都满意。每一件事情都是一次或大或小的冲突，都在消耗他们的生命。

粤剧艺术博物馆建好了。正当大家以为文茂戏曲班将会告别灰暗迎来光明的时候，我意外地接到了一个电话。电话那头，柏叔告诉我，广叔因为家庭的原因已经退出了。我不敢相信自己的耳朵，赶紧拨通了广叔的电话。

沉默，再沉默。两个男人拿着手机，谁也说不出话来。"咁（这么）多年，屋企（家）人都一直支持我。而家（现在）出左（了）事，轮到我付出了。"广叔的声音很平缓，再也不是那急匆匆的样子。

"你顶得住吗？"

"见步行步，做得几多（多少）系（是）几多。"

……

电话挂掉时，我双眼通红。他离开了，那文茂戏曲班将何去何从？柏叔以一己之力还能坚持多久？一切都打上了大大的问号。

转眼，又过去了几年。

那天是著名粤剧艺术大师罗家宝的告别仪式，大厅里挤满了人。我站在最后一排，不停地回头看，等待那熟悉的身影。

在仪式开始前十分钟，他脚步匆匆地走了进来。我赶紧挥手致意，将他拉到我的身边。

"你来了！"

"是的，柏叔。"

"没想到今天会塞车，差点就赶不上了。"

我没有回应这一点，自从见到他起我就紧紧握着那干瘦如柴的手臂，双手不断地感受着他那"跌宕起伏"的脉搏，听着他急促的呼吸。在告别时，他全身都在颤抖，我扶着他渐渐走出了大厅。

"如果我们几个也走了，就没得了……"

"脚伤好了吗？"

"你怎么知道的？"

"怎么弄的？"

"唉！这次到戏剧职业学院教《芦花荡》，教了这么多年最辛苦就是这一次。这个戏我从前辈那里学过来，1958年就开始教。前几年我教小朋友，这事你是清楚的。在今年的，整整58年之后，我又在戏剧学院重新教这个戏。"

我当然知道，那几年我们几乎每个周末都在一起。他和广叔总是想尽办法要将这些传统的粤剧原汁原味地永续传承。

"正好今年，广东舞蹈戏剧职业学院找我商量排传统戏。我一口答应了，就排《芦花荡》，而且是高难度的原版。"

"什么意思？"

"鹏仔的《芦花荡》，一是他年纪小，二是阿广年纪大，所以只能按照80年代由文化部组织录制《粤剧大典》时我和少昆仑老师主演的视频来教。少昆仑老师当时的身体状况不太好，为了保存资料和照顾他老人家身体，拍摄时我们就尽量一次性过，减轻老先生的负担，所以无法全面真实展示里面的粤剧技巧。但是这次就不一样了，有学院的年轻老师和学员，我可以将50年代所学到的版本原原本本地教给他们，因为我不想让后人误认为古老粤剧没什么难度，随便就可以演。我要再现穿心大翻等已经几十年没人做过的绝技，要高起点、高难度。"

"但您已经80岁了！"

"是辛苦！以前教鹏仔，我只负责周瑜一个角色，现在不一样了，两个角色都要教，而且还要先教会老师。老师来到我家，我在天台手把手一个一个动作地教他，等老师学会了再回去教学生。那天，就是在天台示范不停地跳，结果叭的一声，我最初还以为是脚背的骨头断了，后来检查还好只是伤了骨膜，就是脚会痛和使不上什么力。"

"那您还能示范？"

"不管他，兴奋起来就不觉得痛的。"

他就是这样，一周一次或两次，全天就在学院闷热的排练场里示范、教学、指导，每次都是只要一小会儿就汗透衣衫。

"节目会在羊城国际粤剧节上演出，你跟了《芦花荡》这么多年，最熟就是你了。到时你一定要来啊，要给点意见。"

"一定一定！"

……

正式演出的那天，后台、化妆间四处都是这位80岁老人的身影。当天学院的"古戏薪传"晚会一共有4个节目，其中有3个节目都是由叶兆柏担任指导。他忙前忙后的，我也帮不上什么忙，正好遇上学院的朋友，我们就本次节目的排演聊了起来。

"这次叶老师教戏真是好难得的机会！我们全程都录了下来，未来我们准备让低年级的优秀学生也根据示范来练。"

"是啊！太好了！柏叔不但在这里播撒了种子，还培植出来了。种子放在这里再合适不过，有土壤、有肥料，还有人悉心栽培，只要持之以恒，这些传统粤剧剧目就能在年轻人中生根、发芽、开花、结果，而且还会一代传一代！"不知不觉中，我越说越激动。话音刚落，我瞬间明白柏叔为什么会这么看重这次排戏。

"是啊！叶老师人很好，从来不提什么要求，最近我们赶时间，一周有时请他几次，光是来回一次路程就是几个小时。"我当然明白，柏叔要的不是钱，为的是粤剧经典的永续传承。演出获得圆满成功，这是意料之中的，我只是可怜柏叔一个晚上连椅背都没能靠一下。

第二天，我给柏叔去电嘱咐他好好休息一段时间，养好脚伤。没过几天，我接到了柏叔的电话。"学院来电话，想请我去教木人桩。不过我自幼家境不好，家里放不下木人桩，只能对空比画没有上桩实操。所以我推荐了一位师兄，到时如果你有空也一起去。"

"您的脚好了没？"

"哪有好得那么快！抹点药酒就可以了，不用管它。"

每次都是我无言以对，唯有祝福这位永远都忙着播撒粤剧种子的老人健康长寿，让经典传承得更久远！

西关乐善

　　人就是这么奇怪。我自己也不知道从什么时候起，已经离不开柏叔、广叔，还有他们身边那一大群的西关街坊。他们是我认知粤剧的窗口，也是我了解老西关生活的通道。于是，当我搜寻资料，为撰写《寻找广州消失的庙宇》一书做准备时，他们就是我第一批请教的人。

　　那天又是跟柏叔、广叔他们聚会。和以往的聚餐一样，桌上总是摆满了各色各样的美食佳肴，但是大家都意不在吃。他们的话题大多数都围绕着往事，威水史也罢，苦难史也好，在桌上不乏同情理解或是再补上一刀的人。聊着聊着，我抛出一个问题："大家知唔知长寿寺喺边度（大家知不知道长寿寺在哪里）？"

　　"长寿寺就是乐善戏院。"坐在我身旁的广叔很快给出了答案。但我知道，广叔说得既对也不对。据记载，长寿寺前身是长寿庵，建造者为明朝万历三十四年（1606年）的广东巡按御史沈正隆，地点在今天的长寿东路荔湾公安分局北面一带，占地面积八亩。康熙年间，大汕和尚在平南王的支持下，当上了长寿庵的住持，将庵名改为长寿寺，并且在里面大兴土木，广种奇花异卉，布置亭台楼阁。寺地范围比之前大大增加，寺内有离六堂、怀古楼、绘空轩、半帆亭等，又凿大池，环种花木，池水可流经顺母桥而出珠江。

　　短短数年，长寿寺的规模格局已居各大丛林之首。在声名最盛之时，大汕渡海前往安南（今越南），被尊封为"国师"，跟随者不计其数，曾一次就授戒1400多人。一年之后，大汕带着一船船的珍宝回国。他用这些巨资继续扩建长寿寺并在白云山麓下修建弥勒寺，佛像更是由安南国王供奉。

然其兴也忽焉，其衰也忽焉。虽然大汕的声名一时无两，但之后急转直下。与同为在尚可喜支持下建寺的海幢寺住持阿字和尚相比，大汕的晚景要悲凉了许多。先是因盗用诗句、傲慢无礼等原因与屈大均等朋友、文人反目成仇，接着其仿效玄奘大师名著《大唐西域记》记述安南风情的著作《海外纪事》成为众人攻击的目标。虽然最终清廷没有对大汕定下谋反大罪，只是遣返回籍，但遭到接连打击的大汕最终命丧归途。长寿寺从此盛极而衰。

光绪年间，长寿寺在一次纷争中局面失控，围墙被推倒，除大雄宝殿之外，一切均毁于火灾，僧人四散。随后几年，常有广州士绅议捐重修长寿寺，试图恢复这座佛林名刹，不过最终亦再无下文。

光绪三十一年（1905年），两广总督岑春煊下令拆毁长寿寺，寺产入公。除了大雄宝殿利用原有建筑材料兴建西关戏院（后改名乐善戏院）外，其余寺地公开拍卖。所得款项除一部分作为两广师范学校经费和拨充派遣赴日留学生之费用外，其余专用于今天广州的"长寿路"建筑沿江堤路建设工程开支。从此长寿寺在广州城留下的痕迹只有"长寿路"这一地名了。

"乐善戏院是非常典型的古色古香的岭南建筑。"柏叔一边扇着扇子一边抢先发言。"麻石、趟栊，戏院上上下下都很有岭南建筑特色。其中最特别的是西关街坊看大戏的习惯。就在戏院的正对面有一家叫'何荣记'的茶楼，现在一些年纪大一点的街坊都还记得。老西关讲究的是味道好又实惠，何荣记就是这样的茶楼，所以生意兴隆。戏迷看完大戏就到对面坐下饮茶，一盅两件，慢慢享受。不但戏迷常去，演员和戏班的老板也会去。茶楼很小，客人密密麻麻挤在一起，非常嘈杂。伙计双手端着托盘挤行于人群中，全凭一股中气吆喝'干蒸烧卖'……一天戏班老板把一个吆喝声音洪亮的小伙计叫到身前问：'你有没有兴趣学唱大戏啊？'"

柏叔停了停，喝了口茶，接着说："小伙计愣住了，没吱声。老板继续说：'你先回家问问父母同不同意，我明天这个时候还会过来。你到时再答复我。'第二天小伙计答应了老板。老板将他送到平洲的粤剧训练班接受培训，这个训练班也是粤剧最早的科班。这个小伙计就是后来的一代名小武——白山富。这件事是我爸爸告诉我的。他当时也在训练班里。空闲时师兄弟聚在一起闲聊，就问起白山富的来历。他支吾了半天才说：'我，我，我，原来在何荣记卖干蒸烧卖……'"

"乐善戏院的戏台很传统，也很特别。现在已经没有这样的戏台了。现在的戏台是平的，你看就算是粤剧人心中的重地佛山祖庙的也是一样。在以前，传统的戏台不是纯平的，而是有一定斜度的，而且是向观众倾斜的。这样坐在前排观众的视线就不会被遮挡太多。观众是照顾到了，但对演员的功底要求就高了很多。平地空翻都有一个冲力，更何况有倾斜角度，力度不容易掌控。当年有一个师兄，力量一下子没有收住，一个后空翻直接飞出舞台。幸亏他脑子转得快，立在台前的柱子上，还非常镇定地亮了一下相，才不慌不忙又一个空翻回到台上。台下的观众当然是拍烂手掌了，但他却是满头大汗了。"广叔补充道。

"还有水塔，水塔比戏院高，距离很近，水塔顶还会吱吱地喷水花。最怕的就是上台前妆也化好了，戏服也穿好了，结果被水塔喷得一塌糊涂。经常都要左闪右避，还要用扇子遮住脸。""啪"的一下，柏叔那把扇子又开了，边说边做了个示范。

"你别看广州有那么多个戏院、那么多个戏班,其实每个戏院都有它自己的特色,比如海珠大戏院它就是专门做过埠客人的生意。那时的人要想在回佛山、中山等地方之前看一出戏,海珠大戏院是最好的选择,因为靠近码头,交通方便。乐善戏院虽然在深街内巷当中,但不能小觑。一个戏班想到乐善戏院演出一定要先衡量一下自己够不够分量。乐善戏院座位多,一共有三层看台。大班想要保持高上座率也不是一件容易的事情。如果是一个不知名的小班贸贸然来演出,肯定是空空荡荡、血本无归。乐善戏院一直都是为大戏大班而生。在这里也举办过许多粤剧界的盛事,比如薛觉先(粤剧宗师)回穗的欢迎仪式就是在乐善戏院举行。故事太多了,一时半会也讲不完。阿广你带张生去看看,先认认路。"

聚餐结束后,我跟着有点瘸的广叔走向昔日乐善戏院所在地。他的腿一共断过两次。第一次就是在乐善戏院,那天排练时热身不足,一个空翻落地时造成左小腿骨断裂。他的姐夫佳哥(粤剧名伶靓少佳)带他拜访西关最著名的跌打医生。15天之后他重返舞台。

"15天就全好了?"

"没办法了,手停口停。"

……

聊着聊着,我们已经穿过了长寿东路。这里的玉器铺数不胜数,每间都不大,密密麻麻地挤在一起。这儿绝大部分的商铺都是平房,左右两边通常是柜台和加工台,中间仅有一条狭窄的过道。加工台前灯光昏黄,伴着喷枪吐出的蓝色火焰、叮叮咚咚的敲打锤击声以及极其刺鼻的味道,客人就站在台前目不转睛盯着师傅的一举一动。而对面的柜台则是灯火通明,星罗棋布的射灯把玉器首饰点缀得美轮美奂,台面上还放着一堆用红纸垫底的墨绿色石头。一条路上除了一两间商铺门面较大外，基本上都是这样的作坊式的玉器首饰铺。人们在狭窄的人行道上只能错肩而过。汽车的尾气和商铺的异味更是因为沿路茂密的大树而无法散去。幸好长寿东路并不是很长，很快我们便走到与康王路交界的十字路口。路口有三面都是玉器城，另一面则是荔湾广场。沿着路口的一座牌坊走进去，就可以看见著名的华林禅寺，一座被玉器铺围绕着的佛寺。其实这四周红红火火的玉器批发市场，大部分土地都是来源于华林寺和长寿寺这两座名扬四海的丛林。这一切都来源于一场又一场的风波。长寿寺没能顶住。华林寺则在信众的倾力相助下在民国初年的寺产拍卖中好歹存活了下来，可也失去了大部分的土地。

　　不知不觉中，我们过了马路拐入长寿大街。十字路口的一侧是华林玉器市场，另一边则是荔湾广场，无论哪边都是巨大的建筑。相比之下，转入巷子的长寿大街上的建筑是那样的低矮破旧，麻石街面凹凸不平，狭窄的街道已经化作长条形的农贸市场。长长的长寿大街上，有的是打开房门就成店面，有的干脆就席地成铺，两边的商铺连绵不断。水中鲜活的鱼，笼里不安的鸡，地上新鲜的蔬菜，店里靓丽的生果，在昏黄街灯的映照下融为一体，当然各种味道也共冶一炉。眼睛和鼻子的感受是分离的，可比肩接踵的人们完全不在乎这些。因为这里的品种是这样的多，价钱又是那样的便宜，他们在这里挑选、砍价，忙个不亦乐乎。

　　在大街的尽头，伫立着一幢钢筋水泥的现代建筑物。街口正对着一家当铺，门前挂着大大的招牌——广州市长寿典当行。广叔说："这里原来就是乐善戏院。"当铺墙上有一个圆圈，红底白字一个偌大的繁体"当"字摄人心魄。我拿起手中的相机拍了起来。广叔接了个电话，有急事，就

190

先走了。他临走之前还嘱咐我怎么返回，我想送他去车站，但他执意不肯。广叔走后，我自己在四周转悠。典当行大概占了三分之一的地方，右侧是旧货市场——利群商场，左侧是居民楼的入口，再过一点则是一家士多店。我走到士多店门前转了弯，发现面前一大群人坐在地上研究着什么，一个个面色凝重。他们时而闷不作声，时而低声讨论。风吹起了一张纸，飘到脚下。我低头一看，绿色的纸上印着一串数字，上面还写着"大师指点"。我赶紧收起相机，快步走过。拐弯之后，又是另外一片景象。这里有一个不大的广场，广场中有几棵大树，树荫连成一片，格外的清凉。树下是用铁枝和塑料布搭建起来的简易帐篷。帐篷里摆满了各式各样的商品，有背包、鞋子、收音机、衣服等等。小小的广场上横着摆了两排帐篷，在另外一个拐角竖着又摆了一排帐篷。此时，已经临近黄昏，华灯初上，夜市准备开张，店主们正优哉游哉地收拾店铺，静候客人。转过拐角继续向前，走过早已拉下铁闸、黑漆漆一片的利群商场就到路口了。路口正对着一家牛奶专卖店。

我在想，当铺就是乐善戏院，那何荣记和水塔应该就在附近了。当天空开始洒下"雨粉"的时候，我也迈开脚步从牛奶店向长寿路的方向走去。狭窄的街道仍然是麻石路，一路上都是低矮的居民楼。快到路口时有一栋鹤立鸡群的大楼。资料显示，西关水塔这座广州最早的水塔被改建为宿舍了。我踱着步，这里到当铺的距离并不远，应该在水花的"射程"范围之内。我向门卫打听。那大叔打量了一下我，就送了我"不知道"三个字。雨一下子就从"粉"变成"瀑"。毫无准备的我匆忙借街坊的屋檐避雨。街坊是位老太太，她正在赶紧收拾摆放在屋檐下售卖的利是封。

"你是做什么的？"屋里传出一个浑厚的声音，很快就从阴暗的屋里走出一位中年男士，他一边接过老婆婆手里的东西一边问我。

"我想找以前西关水塔的位置。"

"就是这栋楼了。"老婆婆指了指我之前向人打听的那栋大楼。

"呵呵！好啊！而家仲有后生仔嚟揾以前嘅嘢（现在还有年轻人来找以前的东西），好事嚟㗎（好事来的），有得传承嘛。"

弓着背的婆婆笑起来了，似乎也年轻了许多。

水塔其实也是当年长寿寺的一部分，这些街那些铺，通通都是。雨越下越大，我在牛奶店里暂避。天已经完全黑了。"请问这里是以前的何荣记吗？""是的。"50多岁的老板头也没回，直勾勾地盯着雨帘。"谢谢！"虽然今天来已经看不到何荣记的任何痕迹了，但好歹认了个地。我正要告辞离开，老板说："等等！麻烦你帮我一个忙。"说完他递来一把雨伞，"我儿子就在街口，雨太大了进不来。麻烦你帮我带把伞给他，可以吗？"雨真的很大，麻石路面上已经开始有积水了。我的雨伞也开始漏水了。就在路口的屋檐下，路灯下雨点横飞，有一个人蜷缩在三轮车里躲雨。我递去雨伞，大家都笑了。时移世易，唯情不变。这也是最大的收获。

一周之后，我再次到銮舆堂拜访柏叔、广叔还有戏曲班的孩子们。"上次讲到乐善戏院，还有一件事是很值得宣扬的。你不要以为粤剧演员就很风光，其实大部分的人生活都很困难。你想一想，以前没有生活保障，也没有退休金，真的是手停口停。有幸红了，还要添置衣物，要各出奇谋吸引观众。所以哪怕是红了的演员一般也很难存下钱。万一遇到意外，生活就很凄惨。每年农历新年前，各剧团都要休整一段时间。大家就协商在乐善戏院发起大杂会。所谓大杂会，就是指各戏班选出最好的角和戏进行大会演，为粤剧界那些生活困难的人筹款。通常的演出，一定是名角拿得最多，因为人们是冲着他的表演来的。但在大杂会期间，所有人都没有演出报酬，只有车马费。不管是大牌还是你今天只出场翻了一个空翻，大家的车马费都是一块钱。全部人都一样，没有特殊的。大杂会通常持续好几天，刨去车马费和演出成本之后所有的钱都用于行内的福利。这个传统一直持续了很久，在新中国成立后还持续了很长一段时间。"

柏叔越说越大声，大家都静静地等他说下去。"我一直想，有朝一日一定要把大杂会重新搞起来。在銮舆堂重建完成之后，我当时是堂主兼八和会馆副会长，我就提议重办大杂会。我们这一代人都是苦过来的，所以对大杂会的感情不是一般的深。我9岁登台做戏。日本人入侵之后市面萧条，我当时就只有一双白布鞋，平时宁愿打赤脚也舍不得穿，唯有上台才穿。那天我过海珠桥，守桥的日本兵要逐个搜身。起初他也没有为难我，还笑了笑摸了我的头。当他摸到我的腰时摸到一个硬硬的东西，他面色一沉，做了一个手势，马上就有几支枪全对着我，还喝令我把东西拿出来。我抖啊抖啊把东西拿出来，还不敢快。领头的看到我拿出来的是布鞋时，马上就朝我后脑勺打了一记耳光，跟着骂了一大串才挥手让我过桥。日本人来了，很多人一下子就没饭吃了。"

扇子在柏叔手里上下翻飞。"一晃就是几十年，你不要看我现在过得还可以，但好多人生活得很艰难，所以我带头重新组织大杂会。没料到演出开始之前我突然肚子痛了起来，浑身冒冷汗，但演出中途换人恐怕影响筹款，只好死顶硬上。演出一结束，我马上打的去医院看急诊，其他的都顾不上了。"

"你不要误会！"柏叔站了起来拉着我的手。"我不是要宣扬我自已。我只是做了一件我认为是对的事情。现在已经变成一个惯例。每年八和会馆都会用筹到的款派米、派利是（红包）。我一定领，但我转手就送给更需要的人。他们都不肯收，我说有得给才是福气啊。他们听了这话才收下。传承的关键是看传承什么东西。举办大杂会并不是很难，关键是其内涵、实质和目的，脱离了这些，大杂会就不是大杂会了。至于名字叫不叫大杂会其实已经不重要了。乐善戏院正是因为经常做善事才会从以前的'西关'改名为'乐善'的。就好像我们免费教鹏仔和其他小朋友学粤剧，并不指望这里面能出大师或者专业演员，只是想把从前老师所教的保留下来做个种子，等到有合适的机会自然就会生根、发芽……"

柏叔的话我一直记在心里。我知道那是他一生的愿望。但接下来的那些日子都不顺利。尤其是在广叔离开之后，我想柏叔的梦想或许已经很难实现了。

但我错了。年过80的柏叔比我要坚强得多。他转变了想法，将大班改成了重点辅导，将粤剧丑生的经典剧目《抢笛》传授给戏曲班的学员雯雯，还同荔湾区青少年宫以及他的学生、著名粤剧导演梁建忠一起，不断完善节目。而雯雯则是以全国小梅花金奖来回报柏叔的付出。尽管如今的銮舆堂已不再有小朋友练功的身影，尽管已经成为旧城改造典范的永庆坊已不再有孩子们在那翻跟头，但已成为广州市著名景点的粤剧艺术博物馆，开设了少儿粤剧培训班。柏叔成了培训班的顾问，常常到现场指导。他的梦想换了一种方式得以延续。尽管我知道，那并不是他最希望的方式，但是只要政府重视，有热心人愿意拾起接力棒，他也心满意足了。

后来文茂戏曲班再聚是因为鹏仔如愿考上了广东舞蹈戏剧职业学院的粤剧专业。那时，我们已经有一段时间没有见面了。一大张桌子都坐满了人，柏叔、广叔、鹏仔的爷爷奶奶还有父母，出乎我意料，当年因为意见分歧而离开的老师也来了。鹏仔的爷爷老黄高举着白酒杯，含含糊糊地高喊着什么。一群人喝着、聊着，远处韦老师也走了过来，拍着鹏仔肩膀鼓励他，随后还跟大家一一握手。他还是老样子，从不一起吃饭。刹那间，仿佛又回到数年前的那份光景。

天下无不散之筵席。散了之后，我陪广叔走到车站，就像当年他跟我从恩宁路走到沙面岛一样。不一样的是，那次他一直在劝我要更深入地了解文茂戏曲班，要发挥更大的作用。而这次我陪着他走，默默无言。几年间，他的步子慢了，背也越来越驼了，眼睛已是白茫茫一片。到了公交车站，我俩都停住了脚步。公交车即将入站时，广叔说了一句："屋企（家里）都安顿得几（很）好，小朋友也健健康康的，不用挂念。你自己也要注意身体。"

"好！"我扶着他颤颤巍巍地上了公交车，然后与他挥手告别。车开动了，渐渐消失在视野中。

寻访猫咪

城的嬗变

当我第N次见到香火店的老板娘时，她脱口而出："你怎么总是下雨的时候来啊？"

似乎每一年的雨水都会比前些年的多。很明显，这是一个错觉，仅仅是因为距离太近了，当下强烈的亲身体验盖住了过往的记忆。听到老板娘的话，我不禁回想起2013年第一次踏上这片土地时的狼狈情景。

暴雨狂暴地敲打着公交车站那并不结实的铁皮顶。刚刚走出新造地铁站的我撑着伞蜷缩着身体以遮挡着一阵阵横雨，一阵背后吹来的"妖风"，瞬间吹反并差点卷走那已经不成样子的伞。正当我狼狈不堪时，公交车进站了。

车厢内到处都是水，地面是，椅子上也是。雨刷疯狂地刮着，但是仍比不上雨水倾泻的速度。司机站起来，拿起车头的抹布擦除挡风玻璃上的雾气。仿佛间，我又回到雨天坐在省电子技术研究所大巴上帮老黄师傅擦拭挡风玻璃的日子。

透过挂着水帘的车窗，我看到随处可见的残枝断树，因为道路的两旁都种满了树。不久车子停了下来，前方路段立起了栅栏，还立了一块写着"积水路段"的牌子，路旁更是有一块让人多少有点心跳加速的"落石路段"铁牌。

司机停了车，开始打起了电话。我坐在湿漉漉的座位上，也不能怪座椅，其实自己又何尝不是从水里出来的呢？

进退不得间，我问自己："为什么要来？"

起因是《广州日报》上的一篇报道。报道上说广州曾经有过许多的寺庙，其中特别介绍说在沥滘村曾经有一座供奉猫的庙宇。作为家里曾经养了3只猫的人，那个标题一下子就抓住了我的注意力。我火急火燎地赶到沥滘村，可惜报道中的猫庙早已踪影全无。正当我无比泄气的时候，《番禺日报》一篇昔日的报道介绍了在化龙镇沙亭村的一座猫咪庙。我立即就像打了鸡血一样，想去就去，说走就走，置台风于不顾，搭上地铁就过来了。

看来，我太小看这个台风的尾巴了。雨渐渐地小了一些，至少雨刮能够正常发挥作用了。透过挡风玻璃，眼前的黄泥水中漂浮着枝条以及各种杂物。

"坐好了！要冲了！"司机大哥放下手机，挂上一挡。车子开始慢慢进入水中，不一会，水就没过台阶，很快就浸入车厢。车厢里面倒是蛮欢快的，一位"四眼"帅哥举着手机完全不顾脚下的黄泥水，冲到挡风玻璃前拍照。看来，在他们的心中最重要的还是发微博和朋友圈。车子半漂挪动着，在黄泥水快要没过司机台时终于停住了……

几经周折，车子终于安全抵达沙亭村站。其实哪里有车站，不过是村委会门前广场的一块铁皮站牌而已。伞在空中乱舞。我蹚着已没脚踝的积水走到车站对面的便利店，瞬间再次变成落汤鸡。放下湿淋淋的雨伞，我拉开冰箱取出一瓶可乐，一边付款一边问年轻的老板娘："请问你知道沙路石猫在哪里吗？"

"什么石猫？不知道。"老板娘愣了一下。

"我看新闻说沙亭村有个石猫庙，又叫猫咪庙。"

"嗯。"店主迟疑了一会，转身去问在屋檐下避雨的其他人。

结论仍然是不知道，在我失望之际，店主指着外面说："村里只有一间庙，沿着大路走，不过不知道是不是你要找的什么石猫庙。"

"远不远呢？"

"不远，很近的，不过今天会难走一点。"

雨势渐弱，但村道坑坑洼洼。眼前看似平地，走起来却要格外小心。我就这样带着感激又疑惑的复杂心情，小心翼翼地上路了。路的两边一边是民房，另一边则是菜地、鱼塘。走了百来米，山坡越来越多，房子越来越少。到达马腰岗公园的时候，附近连一间房子都没有。公园并不大，左边是一个篮球场，中间是一个凉亭，右边安置着一些健身器材。过了公园，透过围墙我看见一幢庙宇建筑。虽然它有点传统庙宇的模样，但正如牌匾上那金灿灿的"财神殿"三个字一样，一望而能知其新。围墙将面积很大的土地圈了起来。财神殿只占了并不算大的一部分。殿侧有一个宽阔的广场。在广场正中的榕树下安放着一间大概半人高的尖顶小屋，不远处有一个伫立着一尊观音石像的放生池。

我继续向前走，过了三岔路口，已经没有建筑物了，一边是鱼塘，另一边是清华大学的农业实验基地。再往前就是珠江了，还没有到江边就已经远远地听到轮船的呜呜呜笛声。

我往回直走，雨停了。财神殿正对的铁门已打开，广场上停着一辆小汽车。我径直走到榕树下。面对空空如也的尖顶小屋，我突然想起在《千与千寻》中千寻指着路边的尖顶小屋问妈妈那是什么，她妈妈回答那是神灵的家。

榕树下已经成为大水潭。幸好还有一条砖路，积水将将没过石砖。我慢慢地踩着石砖来到小屋前。石香炉上摆着贡品，有苹果也有鸡蛋。这里的香火应该不错，香炉满满的。似乎之前有人来过，一根未燃尽的香在那里杵着，显然上香者等不及了，大雨浇灭了它。香炉旁边的铁桶里也有烧纸钱的痕迹。小屋的旁边还有一个"社稷之神"的牌位，前面也有一个砖砌的香炉，香同样是插满了。

我从包里掏出皱巴巴的打印出来的那份关于猫咪庙的报道。关键是文中还配了张照片，一切都对得上，唯独照片中的石猫不见了。

"猫咪"呢？我离开小屋，四处走走，想找人请教。阳光终于穿过浓云，洒了下来。走到财神殿，殿外有一个巨大的铜香炉。这个香炉虽然大，但是香火没有小屋来得多而密。殿门左侧的砖台上立着一块刻有"沙路石猫庙遗址"几个大字的石碑。

石碑是2011年由广州市番禺区文广新局树立的。这么大块的碑立在这里已经两年多了，没想到问路时村民们都回答不知道，或许石猫庙并不是当地习惯的称呼。跨入殿门，大殿是一间没有窗户、方方正正的房子。殿内光线不足，雨后阳光透过排气扇扇叶间的空隙照射在神像上，倒有几分神光的感觉。

正对大门供奉的是金身三面六臂的斗姆圣德天后，神像用玻璃罩着，罩里还放着写有捐资兴建者姓名的牌子。在斗姆面前有一个并不大的玻璃箱子，正面粘了一圈又一圈黏黏糊糊的东西，无法看清楚箱子里面到底是什么，只能大概看到是一尊卧倒的石像。我只能转到侧面，借助于"神光"一窥究竟。石雕是一个四肢不分明的动物造型，仔细观察后发现是一只石猫。石猫由麻石雕刻而成，正面是一张圆脸，耳朵的部分已经不见了。圆圆的稍微突起的鼻头，两只瞪得滚圆的大眼，还有一张紧闭的弯弯的嘴，旁边还刻着几条胡须。石雕采用趴着的姿势，头部紧接着身体，身体上刻有山字形的图案代表猫的毛发。四肢与身体连成一体，仅用线条加以区分。尾部紧紧挨着斗姆神像的玻璃罩，所以不能确定石猫有没有尾巴。整个猫像，头高高地抬着，眼神凌厉地直视前方，威严肃穆。神像前还放着各色各样的贡品。玻璃箱散发着阵阵的腐臭，忽然黑暗中窜出一只巴掌大的蜘蛛，着实吓了我一跳。神龛前还有一个箱子上面写着"太岁符入口"。地上也是黏黏糊糊的。

在中间神龛的左右两边各有好几个柜子，分别供奉着财神、天后、北帝以及二十来尊小的神像。此后的一年多，陆陆续续增加了吕真君、黄大仙和金花娘娘。

在这样一座并不大的庙宇中，供奉了斗姆这位主管太岁、生死的神，再加上两位水神、两位医神、财神还有主管生育的神仙，可谓一应俱全。更难能可贵的是那位我苦寻的猫咪神。想到此，我决定要拜拜，虽然完全没有准备，连一根香都没有。

我转身离开财神殿，往下车的公交车站走去，那里是村中心所在，是村里最繁华的地方。但回到刚才问路的小店，老板娘说没有香卖。她往店旁边的一条村路一指，说了一句在市场旁有一家卖香的，就转过身去收拾店铺了。

我转进村路，迎面而来的是一座写着"沙亭"二字的牌坊。过了牌坊是一间皮带手工作坊，一位扎马尾的姑娘正戴着胶皮手套一根一根地整理皮带的半成品。屋内横着拉了五六条线，一根根皮带就晾挂在上面。再过去一点就是一座五六层高的酒楼，门口的黄狗瞄了我一眼转头继续睡觉。再远一点，有一家叫"惠康茶楼"的残破不堪的尖顶瓦房。店门紧闭，仅侧门里面有一个人正在用煤炉煨汤，暗红的煤火是黑屋中唯一的光源。正门旁边还贴着一块"危房勿近"的警告牌。

回头一看，原来那座五六层高的酒楼也叫"惠康茶楼"，两者间唯一相同的就是"惠康茶楼"那几个大字。

老茶楼的牌匾挂在大门的正上方。年久失修的它已经斑驳褪色，牌匾上的制作年代仅仅剩下"年""春"一红一黑二字。"春"字下方的方章繁体"美术社造"几个字以及茶楼名号前的图标，表明这是一件有年代的物件。

往村子里走，我发现这种新旧事物交替并存的情况比比皆是。这里并不像是某些村落那样修旧如旧，也不是成片都是新或者都是旧，而是交错交替，各有各的状态。

在村口有一幅钢板画，讲的是安全用电的事项。人物形象生动之余，最引人注目的就是底下那繁体"化龙供电所制"几个字。多年来的雨打风吹，铁板锈迹斑斑，上面的人物轮廓依旧、色彩斑驳。

岔路口的"芸记"还是用一块块木条闭锁着门窗，"广州市亚洲汽水厂经销点"的牌子透露着这店的光辉岁月。

走着走着，我发现这里不仅有砖瓦老建筑，也有崭新的好几层高的新楼房，更有好几间有着锅耳墙的大宅。在文华二巷1号就有一间这样的大宅，与身后四层高的钢筋水泥建筑物相比，气势上并没有输多少。但这间在村中见到的最大的老宅，门是敞开的，大梁是塌的，地面上杂草丛生，一片凄凉景象。不只是这间如此，我见到的所有老大宅的情况基本上都差不多。好一点的租给外地人住，情况糟糕的已经坍塌或者无法居住。大多数本地人都住在四五层高的漂亮小洋楼里。新旧楼房就这样穿插在一起。

村子并不大，我用了十分钟又转回到惠康茶楼。经过路人的指点，我走进了位于两间惠康茶楼之间的小路。在路口有一家铁皮顶砖墙的理发店，店面大概也就几个平方。紧闭的大门上挂着一个牌子，上面写着"周六周日开门理发"。

过了理发店，沿着小路转个弯，就来到一片覆盖着铁皮顶遮阳棚的开阔地。棚下整整齐齐摆放着一张张空空如也的案台。一地的烂菜叶和空气中弥漫着的浓烈肉腥味，使我确认这就是刚才杂货店老板娘说的那个市场。

香火店就在市场的侧面。店很窄，但是很深，没有开灯，只有尽头天井里洒下一点点阳光。一位女士正在埋头整理。我走进店里，双手合十打了个招呼。女士放下手中的活儿迎了出来。她中等身高，清瘦，戴着眼镜、扎着马尾，看上去三十左右，给人干练麻利的感觉。店里到处摆满着各种纸钱、香和蜡烛等物品，只留下一条窄窄的通路，仅仅够一个人穿行。

她笑脸迎来，说了句："要点咩？（要点什么？）"语音轻柔，酒窝迎人。

"我们村不是有一座猫咪庙吗？我想去拜拜，不知道要准备一些什么？"

"怎么这么晚才来拜猫咪？你是本村人吗？"

"不是，我是看到关于猫咪庙的报道从广州过来的。"

"哦，平时是在正月十六拜的，不过你有心从那么远的地方过来拜，也可以的。"

"我刚才找到了，就是不知道拜猫咪要准备一些什么？"

"我这里可以帮你准备一份烧的，另外你还要准备一些东西。"

"对了，猫咪是管什么的？"

"我原来一直在外面打工，现在是因为小朋友读书才回来帮忙，所

以并不是很清楚，像我家婆这样的老人家会清楚点。经常听来买香的人说
猫咪是管是非的，我也不知道是不是真的。但是很多人拜猫咪是为了避免
是非，他们去拜猫咪一定会准备肥猪肉，越肥越好，还有用糯米做的薄撑
（一种广式小吃）和生鸡蛋。"

"为什么呢？"

"你想啊，糯米做的黏性很大，加上鸡蛋、肥猪肉黏性就更大了，用
这些东西来供猫咪，就会粘住猫咪的嘴，就不会招惹上是非了。"老板娘
边说边比画了起来。

这不就和供灶王爷的很像吗？我下意识摸了摸包里打印出来的报道。
想起刚刚在核对猫咪庙的时候再次看到的那行字："石像旁边散落着一些
鸡蛋壳。"

"其实拜神程序不一定是固定的。关键是看你自己习惯用什么样的方
式跟神进行交流。之前有人在这里拜太岁，各地的风俗都不一样。我们村
是初九拜，广州市区是初八拜。拜的时候准备的东西也不一样，那人就说
在他老家的风俗跟这里的不一样。我就按他的习俗帮他准备东西。一个人
按他认定的方式做，心就会诚，就容易跟神灵沟通。"

老板娘的一席话把我的思绪拉了回来。

"谢谢！那请帮我拿一份吧。"倒好，我没有拜过猫咪，所以自然也
就没有包袱。

"好的。"老板娘边说边干，很麻利地就收拾好了一份祭品，很厚的
一叠，有纸钱，有金银衣纸，也有一堆的符咒，最为特别的是有一只纸做
的白老虎。

老板娘还为我示范了烧的先后顺序和具体的做法。就在她翻动祭品的

过程中，我看到那一叠五颜六色的符咒中画满了小人、口舌等等这些世人常常遇到的烦恼。

她用一个袋子装好递给我："一共五元。"

"好的，多谢了！"我边掏钱边问，"那附近有没有猪肉、薄撑和鸡蛋卖呢？"

"你来得太迟了，这里的市场有点像天光墟，不到中午就散了，要买肉就只能明天趁早。薄撑也是在自己家里煎好趁热拿去的。鸡蛋的话，旁边婆婆那里就有得卖。记住一定要先拜榕树下的'宫'，虽然猫咪现在不放在那里，但那里是最灵的位置。"

我连声道谢之余不禁还是有点失望，至少并不完美。

老板娘笑了笑："没关系，这么大的雨你都过来找猫咪，还是很诚心的，贡品少一点没有什么关系。"

告别老板娘后，我来到香火店旁边的另外一家店。这是一家粮油杂货店。店里坐着一位满头华发的老婆婆，见我只要了一枚鸡蛋，老婆婆不解地问："怎么要这么少？"

我笑了笑："我去拜猫咪，要一枚鸡蛋就可以了。"

"这个时候拜猫咪，真是少见，一般都是农历年年头拜的。"

"是啊是啊。"我应答着道谢离开，重新向着猫咪庙出发。

回到猫咪庙的时候，已经是阳光普照。按老板娘的指引，我来到已经是四面环水的宫前深深地拜了三拜并上了一炷香，然后才到财神殿上香，并将唯一的贡品——一枚鸡蛋放在石猫的面前。

刹那间，我明白玻璃罩上那些黏黏糊糊的东西是什么了，也知道为什么会有臭味了。可这种拜猫咪的方式是对的吗？

沙亭得友

"不能再犯同样的错误，一定要找到！"

我气喘吁吁地站在马腰岗的半山腰上给自己打气。

同样是脚下半寸高的落叶层，同样是四处传来窸窸窣窣的声音，一样的手机没有信号，一样困于深山之中，仿佛昔日的失败又要再来一次。

马腰岗这座离江边最近的小山包，比我预计的还要大两三倍。在转了整整一圈之后，经老乡的指点，我终于在猫咪庙侧旁小路上的石灰厂边上找到一条上山的土路。

上山是为了印证在采访猫咪庙往事中听到的一个故事。

第一次去拜猫咪，完全就是冲动下的寻觅之旅。第二次去之前则做了些准备工作。化龙镇面积比越秀区还大，在这片土地上就有很多番禺区的文物保护单位。梳理之下，除了像沙路炮台、屈氏大宗祠等一些相对常见的文物保护单位外，还有一些非常有趣之处，如沙亭村改革开放前最主要的饮用水源"山渗凼"、柏塘村的化龙镇所有龙舟之母"龙舟母"、潭山村神奇的"蟾蜍仙庙"等等。

第二次拜猫咪的经历同样是不让人满意的。除了雨水，还有别的原因。启程之前，我按照香火店老板娘的指点，在市区就买好了肥猪肉、鸡蛋，虽然买不到薄撑，好在还有煎饼替代。又在雨中转了一个多小时，再次来到香火店前。

老板娘一下子就认出了我。我掏出湿淋淋的资料请问老板娘山渗凼和蟾蜍仙庙的位置。

"山渗凼？我们村没有吧？系了（是了），我打电话问下我婆婆。你问一问她？"

"好啊！我还想请教一下关于拜猫咪的事情。"

"婆婆啊！有位先生请问下我哋村（我们村）是不是有个叫山渗氹的地方。还有他还想问问拜猫咪的事情。你有时间吗？就在档口。"

老板娘放下手机，跟我接着聊了起来："这个蟾蜍仙庙我也不知道，不过潭山村我就知道。我以前一直在那里的制鞋厂上班，生完孩子又上过一段时间，后来儿子上小学了，小朋友读书的事情也越来越多了，我就辞工回来看档口照顾他。"

"一般来说鞋厂的空气都不是很好，长期下去对身体也不好。"

"是啊，我们这边的厂也不是什么大厂。有时材料特别是胶水的味道会特别重，时间长了，人真的是会很不舒服的。所以我辞职其实也有这方面的考虑。潭山村离这里有七八公里，没有车直接到，要转一趟车，不过也不算很远。"

"谢谢！您是本地人吗？"

"我不是本村人，是柏堂村的。"

"就是隔壁的那条村，你是嫁过来的？"

"是啊！"

"两次来的时候都经过柏堂。不过说实在的，柏堂村真的很像城里面的城中村，到处都是密密麻麻的楼房、厂房。"

"是啊，好多都是加工厂。柏堂的厂主要是皮具厂，空气都很差的。"

"这边的生态倒还保持得不错。"

"这边只有几家小厂，总的来说破坏不算大。"

"这边感觉发展不太起来。"

"听老一辈的人说，以前沙亭这边靠水路又有码头，水路运输非常发达，所以之前就化龙镇来说，这边还是不错的。风水真是轮流转，后来马路越修越好，公路运输越来越发达，越靠近公路的村子就越发展得快。沙亭这边已经是公路的尽头，交通反而不方便。小码头现在也发挥不了什么作用，所以沙亭就发展不起来。不过钱少钱多，就看个人的欲望了。"

正说着，老板娘的婆婆已经来到了档口。老人家皮肤黝黑，头发灰白，背微驼着，动作麻利，跟我打个招呼后就坐在靠近门口的躺椅上。

她的脚踝黑而粗，脚底还有厚厚的茧子。她坐在躺椅上但是并没有躺下去，双手放在膝盖上身体前倾，笑脸相对。

她的手心朝上，手心和手背完全就是两种区别明显的颜色。她的手指关节还格外的粗壮。看来她这辈子一定吃了不少苦。

婆婆笑着问我："你想知道些什么呢？"

"我想请教一下关于猫咪庙的事情。"

"村民们都很信猫咪，除了正月十六会去拜猫咪之外，平时也常常有人去拜。本来拜猫咪是一件好事，后来渐渐以讹传讹，说猫咪是管是非的，拜猫咪的贡品变成了肥猪肉、鸡蛋和薄撑。"

"啊，不是吗？"坐在婆婆身边的老板娘吃了一惊。

"当然不是了。"老婆婆依旧不急不忙，声音温柔而肯定。

"拜神最讲究的是心要诚，最重要的环节是跟神的交流。很多人都只是重视表面的形式，没有在心里面跟神交流，或者说一套做一套，自然也就没有什么效果了。猫咪是神灵，你去拜神就要将心中的不快和郁闷禀告神灵。神灵自然就会根据是非曲直来判定。问题也并不是出在肥猪肉、薄撑、鸡蛋上。不管准备什么样的贡品，关键都是看进贡者的心思和他的做法。那些认定了猫咪是管是非的人，心里面其实是害怕甚至讨厌猫咪的。虽然他们嘴上并不会这样说，但从行为上就能看得出来。他们拿着煎好的薄撑混上生鸡蛋液和肥猪肉，直接抹到猫咪的脸和嘴上。他们以为这样就能杜绝别人讲是非了。他们这样做究竟是在求神保佑还是得罪神灵，其实静下来想一想大家都明白。但传的人实在是太多了，也不是一天两天的事情，渐渐地就解释不清了。"

"嗯。"我回想起报道上写的散落的鸡蛋壳，也想起了猫咪的玻璃保护罩上那层散发着臭味、黏黏糊糊的东西，终于明白了为什么要用玻璃罩将猫咪罩起来了。

"猫咪经常无端端就成为那些人发泄不满的对象。他们又要为自己的行为找到合理的借口，所以就四处散播猫咪是管是非的说法，说只要封住猫咪的嘴，一年就会太平无事了。就这样越传越离谱。"

婆婆的声音语调仍然很平静，只是微驼的背稍稍直了起来。

"往年等拜完猫咪之后，我都会去清理。生鸡蛋、肥猪肉都是很容易发臭的东西，时间一长还容易长虫。在这种风气下，我还不能马上去清理，只能等段时间才戴上长胶皮手套、拎上洗洁精，用刷子刷大半天才能搞干净。"

我看了看手上拎着的生鸡蛋、煎饼还有那肥到不能再肥的猪肉，愣住了。

"你倒没那个心，所以不怕。你就贡上去，不要做后面的动作就是了。浪费也是一种罪过，既然带来了，还是物尽其用的好。"婆婆帮我打了圆场。

　　那天总是晕晕乎乎的。拜完猫咪后，我按照老板娘的指点转了两趟公交车来到潭山村。这里的人气比沙亭村要旺盛许多。很多人聚集在入村不远的几棵大榕树下乘凉。大树正对着潭山村的老人活动中心。中心大门敞开，里面坐满了人，搓麻将声此起彼伏。我在榕树下问了一位长者，回答不清楚。转头又去问中心门口的保安，他笑了："一看你就不是本村人。你问外地人有什么用啊？你顺着墙边往前，在尽头转入巷子，一直走到巷尾就是了。"

　　巷子很窄，使得我无法让路给后面的那一辆轿车。人、车只好在窄巷中亦步亦趋。在巷尾，有一个三岔路口，正中有一颗老细叶榕。树虽然不是很粗，但是枝叶茂盛。树下有一番禺区人民政府于2009年立的石碑，上面刻着"细叶榕，树龄405年"。树干上挂着"潭山村古树"的牌子，上面写着"栽种日期：1603年"。而蟾蜍仙庙就在树下。

　　蟾蜍仙庙在很多方面跟猫咪庙很像。庙都很小，不过蟾蜍仙庙的宫比起猫咪庙要豪华一些。猫咪庙旁边有社稷之神的神位，而蟾蜍仙庙对面的巷口有一座刻着"社稷门"字样的石门。门下的老婆婆说："'破四旧'时，村民们把庙拆开，你藏一块我藏一块。后来复建的时候，大家又一块一块拿出来重新拼凑起来。"

　　眼前的蟾蜍仙庙很新，很漂亮，很齐全。我手上拿着一份打印出来的2010年5月1日的《番禺日报》，上面有着一篇题为"蟾蜍仙庙的美丽传说"的报道。

　　　　蟾蜍庙，坐东向西，全庙为花岗岩砌筑的七行滴水门楼状神
　　龛，"双龙戏珠"顶脊，檐下刻"蟾蜍仙庙"四字，一副对联分

列左右："民间财富足 天上月当圆"，乃康有为学生许绍平所提；内供奉菩萨一尊，为蟾蜍大仙之化身，前方设有石香炉。庙体右侧刻有"墓塑蟾蜍大仙像""癸未岁仲冬日立"字样和捐赠者名单，显示最近一次重修时间为2003年。

问起庙的来历，老婆婆诉说的也基本上和报道一致。

我找到了山渗迊，原来村民们更习惯叫它"马尿迊"。它就在去往猫咪庙的大路旁边的村落里。我从重建的光绪年间修建的镜湖书院走过，一直走到李氏大宗祠前。一位弓着腰、挂着拐杖、步履蹒跚的老婆婆跟我说："你往回走，在全村最漂亮的房子旁边有一条巷子，一直走到尾就是了。我最喜欢喝那里的水了！"

那是一座红色的与众不同的三层小洋楼。"哔哔"，身后传来喇叭声，一辆后部放着个大塑料桶的电动车从我身旁掠过转进小巷。看来，路走对了！

小巷直通山边，远远望去，两边都是砖墙，山边有一个用石头堆砌起来的地方。一位女士下了电动车，卸下塑料桶，用水瓢往桶里面加水，然后盖上盖子，用力晃动塑料桶，接着又把水倒掉，再用水瓢清洗桶的外表。连贯、熟练的动作一气呵成，这时我已经走到她的身后，只见她把水桶整个摁入迊中。咕噜咕噜的水很快就装满了大塑料桶，她提得有点吃力，我上去搭了把手。激起的水花溅湿了我的鞋子，而她穿着水鞋，显然是早有准备。

"谢谢！谢谢！"

"不客气！您经常来这里打水吗？"

"是啊，我在这里打工十几年了，一直都喝这水。我喝，我老公和孩子都喝。"

"您从事什么工作？"

"我们是搞建筑的。"

"这水真清啊！"

"现在不算清了，这十几天，每天都有雨，这水已经有点浑浊了。到了夏天，把水舀光了，再把苔藓洗干净了，再放水进来。那才叫清澈。"

"这水多吗？"

"水很多，经常还会满溢出来。"

"这水好吗？"

"好！别看现在有自来水了，我都不喝。这水很甜的！"

她边说边用手舀了水往嘴里倒："很甜很滑，生着喝都没有问题。不信，你试试！"

我把手放进氹中，那份冰凉在初夏时节来之不易。

我们一起把塑料水桶搬上电瓶车。她说她还要赶回去给爱人、孩子做饭。

我回到氹前，走上氹旁的石坡俯瞰水氹。氹近似于方形，四周以及氹底全是石板。水清澈见底，可以很清楚地看到石板上还长着青苔。

氹旁番禺区文广新局立起的文物保护单位的石碑上写的是"山渗氹"。水氹就位于马腰岗下，或许这就是村民们更习惯称它为"马尿氹"的原因。

至于沙路炮台，这座位于马腰岗后山、财神殿背后的炮台始终没有见上面。

"你怎么总是下雨才来，路很烂，你上不去的了。"香火店的老板娘笑着打断了我的"妄念"。

……

这天总算是天气晴朗。我站在空无一人的香火店前。已经好几次面临这样的情况，店门开着、货品堆着，就是没有人。老板娘说，大部分的生意都在清晨时分做了。六七点钟，村里的人出来买菜顺便就把需要的东西买回去。她先生是电工，经常要外出工作，儿子还在读小学，一家人聚在一起的时间并不多。之前几次都是我打过电话后，她匆匆从家里赶来。这次，他们一家三口一起出门玩了。她让我等一等，她请婆婆出来。

过了一会儿，婆婆出现在路口。

"好久不见了，还好吗？"

"呵呵！还好还好，昨天才出院。"

"啊，怎么了？"

"肾结石，有十公分大。没办法排出，在番禺住了一段时间院，前几天做了微创手术取出来了。"

十公分！真是不小。

"开始也没有觉得什么，就是有时会疲惫一点，有时会腰痛。后来时间长了，排不出去就引发肾炎。本来想能不做就不做，但是也没办法。"婆婆带着微笑说，似乎发生在别人身上一样。

"我们这里的结石发病率很高。"

"嗯，应该跟水有关系吧？"

"氹里的水矿物质很多，所以容易结石。"

婆婆还没有完全恢复。我问，那您是不是很辛苦？她笑着说现在已经好多了。渐渐地，话匣子打开了。

"婆婆，您贵姓？"

"我姓吕。"

"这个姓在沙亭不多吧，听您媳妇说，这里姓屈和姓苏的比较多。"

"是啊，其实我是可以姓屈的。"

抗日战争期间，日军占领广州后，派兵驻守沙亭村以控制水路。他们在村里抓壮丁，每日给山上炮台的日军挑运弹药、粮食以及饮用水。

吕婆婆的母亲是位大小姐，从未干过重活。一天她被日军拦住，要她去做挑夫。她年幼的弟弟挺身而出，替姐姐担任挑夫。战乱中，她逃到香港避难。不久，日军炸毁沙路炮台并撤出沙亭村。她回来了。男大当婚女大当嫁，她顶住家里的压力与一位来自江西的男士相恋了，家里要求男方入赘。她心疼他，跟他一起离开家庭，独立出来过生活，而且不顾家里人的反对，孩子跟随父亲姓吕。

吕婆婆的母亲在她13岁时去世了，留下她和一个妹妹，还有一个出生只有3天的弟弟。她的父亲外出谋生，家里的重任落在婆婆的肩上。家里的老人帮忙照顾刚出生的弟弟，婆婆就帮着拾柴捡菜。她常常到别人的田间地头捡漏，看看别人在挖番薯和花生时有没有遗留下一些。除了在生产队干活挣工分外，还要在自留地种菜，养猪养鸡，全家就靠她一个人。

"没办法了，那时手停口停，一个人要养起一头（个）家。结婚的时候嫁了一个比我还穷的，就住在同一条巷子，照顾家人方便。20多岁才结婚，总算是有人分担一下。"

先生后来外出工作，养育孩子的重任全落在她的身上。好不容易撑了过去，孩子们也成家了，日子渐渐安稳了起来，婆婆也不需要下地了。正要享福的时候，先生突发脑溢血。半夜里，婆婆将他送到医院。慌乱中，她无所适从。冥冥中，她觉得不能在镇医院，要转到区一级的医院。病人血压下不来，医院不同意，婆婆一方面让丈夫积极配合治疗，一方面仍坚持转院，终于说服了医生，三更半夜将先生送到市桥的大医院。她先生在鬼门关上转了一圈又回来了。

"其实我什么也不懂的。我最记得我先生刚到医院的时候血压的高压值去到200。我还傻乎乎地问医生还有没有更高的血压。我的头脑完全是蒙的，再加上也没有医学知识，但是心里面好像有神灵指引一样，不管怎么样都要转去大医院。后来医生跟我说当时真的很危险，随时都有可能出大事。"

漫长的康复期，她紧紧拉着先生的手，寸步不离。几年下来，先生不但行动自如，说话清楚，还能骑着三轮车到处走。这个康复的病例更是被树为典范，每年都有大批的医生前来向她取经。她总是笑着说："多谢神灵保佑！"然后毫不保留地告诉对方康复治疗中的一切细节。

"那您病了，先生不是很着急了？"

"没有，不告诉他。我跟他说我去外地旅游了，省得他焦虑。"

……

"唉！还好赶得及。"

老板娘气喘吁吁地从先生的电动摩托车上跳下来，手里拎着两大袋沉甸甸的东西。

"喽！拿去！"

满满一大袋的豆角，短小肥大。

"我刚刚在我妈的地里摘的，很新鲜的，拿回去吃吧！"

"留给婆婆吧。"

"不用，我们吃不了那么多。这里还有一袋，拿着吧。"

婆婆也笑了："拿去吧，自己种的很好吃的。我们自己经常吃。"正说着两婆媳的手攥在了一起，连跟我挥手告别都是一个左手一个右手。

临别前，我特意请人帮我们合影留念。因为我不只收获了很多故事，更重要的是交到了朋友。

前尘往事

全长2000多公里的珠江，是广州的母亲河。它为广州带来的不仅仅是清澈的河水，更有宽广肥沃的土地。它是那样的宽阔，以至于广州人以前称"渡珠江"为"过海"。要知道，2000多年前的广州和现在的地貌存在很大的差异。

2019年1月28日，夕阳照在我面前这些大石头上。

我沿着护栏，走到没有围蔽的石头前。石缝里长出许许多多的杂草，杂草高且黄，迎风乱舞，有一种沧桑荒凉的感觉。我俯身一摸，大石头的表面十分粗糙，满是米粒般大小的颗粒感。

大石头前有尊人物铜像。只见这位男士戴着眼镜，挂着双筒望远镜，身穿T恤及西裤，左手拿着书册，右手用一根树枝作支撑，脚穿一双皮靴，低头走在杂草和烂泥之中。

雕像的底座上刻着这位男士的姓名。他叫吴尚时，是中国近代地理学重要奠基者。1937年5月，正是这位中山大学地理系教授吴尚时先生，在这里发现了如今的这片七星岗古海岸遗址，并在《国立中山大学日报》同时用中文和法文著文《十公尺海蚀地台的发现》，还用此后一系列的研究和专著终结了此前在广东地学界自20世纪初长达数十年关于珠江河口有无三角洲的争论。

据资料介绍：七星岗高出珠江基面22米，是由上白垩系红色砂砾岩构成的小山丘。七星岗古海蚀地形由海蚀穴、海蚀崖、海蚀平台组成。它们由海浪侵蚀而成。由于七星岗岩层间岩石的软硬有差异，抵抗海浪侵蚀的能力不同，被海浪切出的海蚀平面也稍有起伏。

这里距离大海约100公里，据考证形成于五六千年前。岁月穿梭，城市发展使得吴教授当年发现的古海岸遗址遭到破坏，幸好眼前这段古海蚀地貌基本要素得以存留，成为见证广州附近沧海桑田历史和现代珠江三角洲形成演变的重要地质地理遗迹。

数千年来，广州乃至整个珠江三角洲地区的发展，就是水退、陆生、人进、城建的历史。时光流逝，在广州南边、毗邻大海的番禺地区，起初只有市桥台地露出水面，而更南端的南沙地区则是只有几座不高的山峰露出水面。

伟大的母亲河，不但源源不断地输送甘甜的河水，更送来了大量的泥沙。于是乎，日复一日，年复一年，广州市核心区域的河道逐渐收窄，番禺各处也渐渐有新的土地露出水面。

那时中原动荡、战事频繁，致使民不聊生。衣冠南渡、靖康之变、崖山之战、两王入粤，中华大地一次又一次承受着苦难，也给广东地区带来了越来越多的移民。

这些新移民来自远方，在生活习惯、宗教信仰、沟通交流方面都备受冲击。他们唯一能做的就是，团结在一起，用集体的力量去对抗占有优势自然资源的本地人和恶劣的自然环境。

传说中数百年前的一个下午，有三个来自遥远北方的男人在广州番禺沿江寻找立锥之地。他们是三兄弟，找着找着，天气突变、狂风大作。江边有一座小山，三兄弟赶紧跑进山林，在树下避雨。在他们身前的不远处即是白浪滔滔的宽阔江面，天水和地水在大风的作用下混为一体，天地间一片混沌。忽然其中一人觉得有什么撞到了他的脚。他低头一看，原来是一块残缺的木牌，被汹涌的江水冲上了岸。

　　说来也怪，当那人捡起木牌的时候，忽然云开雨霁、天清浪静，阳光斜斜地照在山上。三兄弟隐约看到木牌上有字，赶忙凑上去看。只见在夕照下，隐隐约约显出残缺的红字。三个人看了半天，觉得是"候王"二字。他们很是惊诧，觉得有神灵引导他们至此。于是他们将残缺的木牌插入土中，磕头跪拜，并下定决心在此地生根。后来这个地方被叫作沙亭，他们在当初插神牌的地方兴建了候王庙。这三兄弟也就是后世传说中番禺区化龙镇沙亭村、思贤村等地屈姓族人的共同祖先。

　　这个民间传说的可信度并不是很高，却是当时的人们通过艰苦抗争寻求生存空间的缩影。至于那块木牌上面究竟是什么字，倒也不是太重要了。它就是一个图腾，使全族人得以凝聚力量，共同闯过难关。于是乎纵观番禺各地，特色民间信仰特别多，如白马庙、蟾蜍庙、石猫庙……

　　所有这些各色各样的特色民间信仰，无一不是先辈们苦难的见证以及奋斗精神的缩影。五岭之南，是水丰之地。水滋润了这片土地，也给这片土地带来很多灾难。这点在治水、航海技术不发达时，越发明显。于是，历年历代北帝、妈祖等水神信仰越来越受重视。无论是渔业也好，农业也罢，对于当时的广州人来说，最重要的是风调雨顺。只有天平地安了，稻谷的收成才会好，稻田里的鱼、虾、蟹才会多，捕鱼也会事半功倍，更重要的是往来的贸易才能顺利成交。一切都依赖于那让人摸不着头脑的天。

　　人们很敬畏上天，希望能得到保佑，希望自己一年的辛劳能够有所收获。久而久之，在各地小范围民间信仰的基础上，又衍生出与水相关的宗教信仰。明代宗景泰皇帝下旨在佛山祖庙竖立灵应牌坊，从此供奉北帝的祖庙由民间祭祀之地变成官方祭祀之地。而在南沙，明代建天妃庙。"天妃"是元代当朝政府给妈祖的褒封封号。清朝乾隆年间修复后定名为元君古庙，继续膜拜天后娘娘。古庙在日本侵华时遭到破坏。1995年由香港著名实业家霍英东捐款重建，并定名为天后宫。

沿海的居民们膜拜妈祖，以求平安。而朝廷用什么来维护自身的利益呢？答案是靠以炮台为代表的军事力量，以确保虎门、南沙这一带的盐税、海关关税等权益。康熙统治中期，开放海禁，正式允许广州通商的原因之一，就是当时广州的城防和海防炮火体系已经基本完成，从虎门开始沿江竖立炮台，把控航道的主要节点。随着粤海关的建立以及十三行官商体系的日趋完善，炮台与海上贸易的关系日益密切。当时外国商船要在广州靠岸易货需要经历一整套复杂的手续：到澳门领路牌，在虎门卸下武器、验货交税，入黄埔港必须获得许可之后方可驶离港口，沿途各个炮台承担着信号传递、威慑以及严防走私的明确职责。于是就出现了"从前有座山，山上有座庙，庙后有门炮"的情形。庄严华丽的南沙天后宫后面，在山中隐藏了多个炮台。这个炮台群与虎门炮台群一东一西相互配合，守护着这片珠江的入海口，维护着当时广州繁盛的海上贸易。

这样的情形也出现在越秀山，这座广州非常有名气的山上。作为昔日广州城北的最高峰，在山顶上建有观音庙，而庙的背后则是一组炮台，与山上的四方炮台等一起组成城北的城防重地。

而番禺猫咪庙背后的沙路炮台是光绪十年（1884年）由时任两广总督的张之洞修建的五个炮台之一，与隔江相望的长洲炮台一起担负着封锁珠江下航道的责任。这里位置重要，或许这正是当年日军占领炮台又摧毁炮台的原因。

我沿着马腰岗公园、财神殿往前走，在十字路口围着山转。一边是良田，一边是沙亭村垃圾堆放中心。再往前就是石灰厂了，顺着大路往前转弯就是马腰岗的后背。直走向前山的另一边是育苗场。门口的大叔将我指了回去。

"沙！沙！沙！"

两个脚上穿着大雨靴、二十来岁的年轻男女正在石灰池里边铲边说笑。对于我提到的炮台，男生一无所知。女孩想了一会儿，说："路就是从这里上了，但是具体在哪里我就不知道了。从来都没有上去过。"

路小但并不算很难走，起初坡度也不陡。一边已经开发成苗木场，另一边植被稀稀疏疏的。往上走，路开始分叉。转了好几条路都通往老乡的长眠之地。正值清明后，正中的墓地摆放着一束鲜花，其后有一条路更深入山中。走着走着，我已置身于树林之中。在两块倒塌的石板旁又分成一大一小的两条路。石板巨大，不像是自然之物。我先沿大路走，走着走着眼前豁然开朗，厚厚的落叶也没能完全掩盖那灰砂石阶。石阶落差很大，前脚迈上去，人已成弓箭步模样。阶梯宽阔平整，工艺精良，显然有特殊的用途。数级阶梯之后是倾斜角度不大的上坡路面，厚厚的落叶让穿着登山鞋的我打了好几次滑。接着阶梯再次出现，旁边还伴随着一人高的石墙。我兴奋不已，哪怕眼前已经是植物挡道。我拨开那些已经被虫子啃得千疮百孔的树叶，挤到楼梯的尽头却发现石墙的顶端空空如也。我退回到石墙下端。

我又打起退堂鼓了，特别是在下斜坡时几乎摔倒之后。我再次体会到上山容易下山难。左膝毫无征兆地剧痛了起来，我只好原地休息。正当过分依赖手机的我为没有信号而烦恼时，远方传来轮船的鸣笛声。炮台的修建就是为了要封锁江面，当然就是要向着珠江方向的，我瞅了瞅石板旁边那条仅能容纳一人通过的窄路。那边不是更靠近江边吗！

好像突然换了一个膝盖一样，完全不疼了。在山边上上下下一段路后，眼前突然出现一座巨大的建筑物。圆形、中空，对着珠江的方向的圆墙上开了个口子，圆墙下方有着一个个炮弹似的坑。对！这就是炮台了！规模之大，即使是圆墙中到处都是与人齐高的杂草都不能阻挡视线。太大了，我随身带的相机仅仅能拍到三分之一。用手机拍全景？我都快转晕了也没有拍到好的相片。我退回入口，顺着土坡爬上厚厚的圆墙俯瞰炮台。我不是学军事的，也看不出资料上说的那些坑道、药房、兵房所在，也不敢钻入杂草丛中去找。我只看到了那口方方正正的水井。好的，我承认上面提到的"灰砂石阶"都是从资料上搬过来的，因为我不知道如何称呼它。我知道的只是那种兴奋劲儿，以及兴奋过后的苦涩。我轻身上山都如此辛苦，当年吕婆婆的舅舅可是要背着日军供给上山。

下山的时候，差点就迷失了方向，幸好那束花提醒了我。下了山，石灰厂的青年男女对我是否找到了炮台很感兴趣。我想或许有一天他们也会上山寻找。

回程前，我去到沙亭村的尽头。那里是渡轮码头，对面的长洲岛近在眼前。往日这里熙来攘往，但现在渡口已经停止营业了。我站在渡口旁边水闸顶的高台上，久久地看着一朵朵的浪花在开阔的江面上翻滚以及夕阳洒在水面上的层层金光。

人与城

在哪里出生，就是哪里人吗？

这是一个问题，但不仅仅是一个问题。

我常常会想，到底什么人才算是广州人？是按出生地、户口所在地，还是籍贯所在地？恐怕在每一个人的心中都会有不同的答案。我的父亲成长在广州，在北京参军，一辈子最喜欢的是喝茉莉花茶、做红烧鱼、听相声，向往在靠近北京的地方租一个大院子住。他常说，华北平原的广阔无垠让人心旷神怡。1988年他去北京出差，愣是扛了整整一大麻袋的水蜜桃回来，但成熟的桃子极易腐烂，他在那趟历时三天两夜的火车上挑着熟透了的疯狂啃食，到广州时也就仅仅剩下十来个完好的。当家里人都在吐槽果脯、茯苓饼太甜无法下咽时，他火冒三丈将剩下的收好。其实他自己也吃不下，就那样静静地放在书柜里。是什么让父亲一生都无法磨灭北京当兵那几年给他留下的印记？我想，一定是因为在北京发生的人和事，而所有保留下来的习惯，都是能够开启记忆的珍贵钥匙。但我的钥匙在哪呢？我成长的大院还在，距离单位也不过就是步行十分钟的距离，但一个门房和门禁卡就能将我挡在外面，能看到却再也不能身在其中。这就是大院，易出难进。

我手中的第二把钥匙，就是位于瑶台的广东省电子技术研究所。在那里，我度过了童年中最美好的时光。稻田、蜗牛、田螺、猪圈、酸木瓜、黄土、大红花，每一件事物都充满了记忆点。这两三年我特别想回去看看。可惜因为疫情的原因，总是无法成行。冲动总是瞬间的，很难持久，或许也是因为害怕再见早已物是人非。于是乎当热情退却之后，这件事情也就一直搁置了。

　　2022年初夏，我得到了一个既意料之中但又失望至极的答案。那天，全单位的人都在位于大学城的广州文学艺术创作中心忙乎了一天。回去的时候，主任叫我坐他的车。同行的还有刚刚来到我们院不久、来自天津的女同事。从位于番禺的大学城出发，回到坐落越秀山下的单位，路上需要一个小时左右。聊天，是车里最适合打发时间的事情。三个人天南海北地闲聊着。我用从父亲那儿听来关于北方一星半点的知识，东一句西一句地扯着闲篇，那已经是我关于北方生活的几乎所有知识储备。

　　渐渐地，我们三个人把话题转移到广州的美食。当说到云吞面的时候，主任和我纷纷说起了云吞面汤底的做法。将天津人称为塔嘛鱼的比目鱼晒成鱼干，这里称为大地鱼干。这鱼干不能直接用来做汤，那样香味不够，而是要将鱼干放在火上燎，哪怕是有点糊都无所谓，只有用燎过的鱼干才能做出鲜美的云吞面汤底。新同事十分诧异，怎么也想不到塔嘛鱼竟然会有这样的做法。如果在天津，一般就是用来红烧，断不会有这样的吃法。

　　聊着聊着，我们知道原来新同事就住在瑶台附近，准确说就是住在瑶台小学的对面。瑶台小学跟父亲的单位旧址就是斜对门。在单位大门的两边，一边是碧绿的稻田，一边是整排的村屋。那些屋子，前面是猪圈，后面是房间。猪的叫声将房间里的电视声淹没。在车上我尽力描绘，试图还原当年的种种情形。与我脑海中那丰富的画面相比，我的言辞是那样的苍白无力。但说着说着，同事劝我别回去了。因为一切都变了，除了瑶台小学和远处的北站，其他的通通都变了。我愣住了，忽然之间，我坠入到一个场景。我站在电子研究所八楼那长满青苔的天台上，倚着那墙皮早已脱落的栏杆，往远处广州北站的方向望去。脚下是从围墙到北站连绵不断的稻田。瑶台小学就位于大门侧边的一个土台之上，土台和稻田之间有一条弯弯上行的黄土路。另一边是密密麻麻的村房。夕阳下金光打在青青稻田，也照在瑶台小学操场那鲜艳的国旗上，还洒在各色各样的屋顶上。远处的北站时不时地发出火车的轰鸣，正对我的方向，立着一块巨大的牌子，写着"广西"两字……忽然之间，我不敢再回去了。我怕那已经模糊的画面化为碎片，化为灰烬。

人总是这么矛盾，不回去怕遗憾，去了只怕会更遗憾。我一直在想，要成为一个真正的广州人，根基在哪里？

2018年，同事邀请我参加白云区横沙村的迎端午扒龙舟活动。在广州的农村地区，扒龙舟是一件非常重要的事情，而且是各处乡村各处例，规矩讲究都是不一样的。我只略有耳闻，但从来就没有参与过。于是当同事发出邀约时，我非常兴奋。

那天烈日当空，但河边早已聚满了人，里里外外十多层。但凡观赛角度好的地方，都满满是人。我随着人群不停地往前走，最后在路尽头的大榕树下，勉强挤进人群找到一个栖身之地。那时距离扒龙舟比赛还有一个多小时，但大家都乐此不疲。榕树下平整的路面往水里延伸出十多级的台阶，越往外走水越深，最外面竖着铁栅栏，这样就形成了一个亲水平台。大人们很少站在水里面玩，于是乎这里变成孩子们的戏水乐园。不对，说少了，还有狗狗。他们在里面打打闹闹，对射水枪、相互泼水，甚至还有小朋友走到最下的几级阶梯处，扎一个猛子就游起来。狗狗们也是不亦乐乎，纷纷参与到这场不大不小的水仗。家长们很淡定，只是静静地注视着疯娃子们。待他们玩累了，才三下五除二给他们擦身，换上干净的衣服。看着他们,我不禁回想起童年在稻田里捞田螺、捉蟋蟀的日子。龙舟赛后,我随大部队上岸,过马路、入村,来到祠堂边。这里已经摆满了桌子。大家相继落座。祠堂门口放着一排整整齐齐的烧猪,旁边的空地则搭起了大棚,大厨和服务员都忙得气喘吁吁。人们在席间穿梭,不停地打招呼、握手、拥抱。刹那间,我似乎明白了,为什么早已搬离荔湾区的胜伯、广叔,还有新村里的老街坊们,总是一次又一次地要回到西关故地。那里,有着他们的"根",而这也渐渐成为我的"根"。

城市总是在不断发展变化的,区别仅仅在于,是大刀阔斧般的巨变,还是循序渐进的嬗变。幸运的是,发生在广州身上的是后者。荔枝湾涌、东濠涌、粤剧艺术博物馆、永庆坊先后修缮完毕,延续了广州城中大部分人的记忆和情怀。而另一方面,广州包括白云湖、海珠湖、广州塔、亚运会等一系列的重点工程和重大项目,以及2021年以来先后采访的芯片制造、无人机、生物医药等高科技企业,不但展现了工程项目和科技发展所取得的伟大成就,更是描绘了广州城市精神的图谱。其背后,是一个个鲜为人知但又有血有肉的人。每一个人,都是这幅广州精神图谱的一笔一画。

而这或许就是广州实现嬗变的原因,是我这个"半吊子"广州人的根,也是我身为一名报告文学作者的安身立命之本。感谢所有在我生命中留下印记的人!